Francisco David Rowe Blanco

Nació en Colón, Panamá el 9 de noviembre del 2005. Es un joven criado de valores y enseñanzas por padres panameños. David a sus 14 años se decidió por tomar un curso de escritura creativa, a sus 15 optó por aprender inglés, hasta llegar a sus 16 años y escribir su primer borrado llamado "Are we just friends? En Wattpad", por ahora David lanzó su primer libro por amazon en el 2024, un capricho en mente desde el 2018.

Siempre Más Allá De Los 18

(Versión Moderada)

Francisco D. Rowe

FR

©FRANCISCO D. ROWE
TODOS LOS DERECHOS
RESERVADOS

Titulo original: *Siempre Más Allá De Los 18.*
Versión del libro: *Siempre Más Allá De Los 18 (Versión Moderada)*
Año de publicación: 2024.
Derechos del texto: © 2024 Francisco David Rowe.
Derechos de autor: © 2024 Francisco David Rowe.
Derechos de modificación: © 2024 Francisco David Rowe.

Todos los derechos reservados. Ninguna parte de esta publicación puede ser reproducida, almacenada en un sistema de recuperación o transmitida de cualquier manera o por cualquier medio electrónico, mecánico, fotocopia, grabación u otro, sin el permiso previo por escrito del titular de los derechos de autor, excepto en el caso de citas breves en reseñas críticas o artículos periodísticos.
Este libro es una obra de ficción. Todos los personajes, lugares y eventos descritos son productos de la imaginación del autor. Cualquier semejanza con personas reales, vivas o muertas, con eventos históricos o actuales, o con lugares existentes es pura coincidencia. Las ideas y conceptos presentados en estas páginas son invenciones creativas y no deben ser interpretados como reflejo de hechos o declaraciones de la realidad. La finalidad de esta obra es el entretenimiento y la exploración imaginativa.

Para solicitudes de permisos, comuníquese con Francisco David Rowe:
Correo electrónico: *Rowefrancisco282@gmail.com*
Editor del texto: © 2024 Andrés Bonilla (Colombia, noviembre del 2024)
bonilla1101andres@gmail.com
Números de ediciones:
Edición número uno (Panamá, julio, 2024)
Origen de la imprenta: *Printed by Amazon Kdp.*
Fecha original de publicación: *18 de diciembre del 2024.*
Fecha de solicitud: *9 de noviembre del 2024.*
Diseño de portada por: © 2024 Francisco Rowe (Panamá, noviembre, 2024)
ISBN: *9798301913358*
Sello: *Francisco's Rowe Published.*
Se ha hecho todo lo posible para identificar y contactar a los propietarios de los derechos de las obras utilizadas en esta publicación. Si hay alguna omisión, comuníquese con el editor. Distribución limitada en ciertos países.

Dedicado a mi yo del 2023
A los graduados, de hoy, mañana y siempre.
Para: Mi mamá, te quiero mucho.

«Aprendí que el coraje no era la ausencia de miedo, sino el triunfo sobre él. El valiente no es quien no siente miedo, sino quien conquista ese miedo. Siempre parece imposible hasta que se hace. Debemos usar el tiempo sabiamente y darnos cuenta de que siempre es el momento adecuado para hacer lo correcto.»
—Nelson Mandela (1918-2013)

"Nacimos para cometer errores y aprender de ellos, no para fingir que somos perfectos."

Mi hermano mayor, Austin, siempre obtuvo las mejores calificaciones en su colegio. Ahora, mis padres nos han obligado a mi hermano gemelo, Jeremiah, y a mí a seguir sus pasos. Ellos siempre han querido lo mejor para nosotros. Trato de impresionarlos, no importa cuánto me esfuerce, siempre me comparan con Austin o incluso con Jeremiah, quien sí siguió su camino.

Aún no llego a entender la obsesión de Jeremiah por sacar buenas notas, si de todas formas pasará el año escolar. Supongo que lo hace para mantener su reputación, ya que era el alumno favorito de nuestros antiguos profesores, quienes, además, eran sus únicos amigos estables.

Por mi parte, siempre he sido el popular de la escuela, el que supuestamente obtiene lo que quiere y desea... Ojalá pudiera decir eso. En realidad, sólo soy el que menos destaca entre mis hermanos, el que siempre culpan cuando se quiebra un florero. Aunque soy mayor que Jeremiah, de alguna manera siempre me cuestionan, diciéndome cosas como: "¿Por qué no eres como Jeremiah, Jeremy?" o "Sacaste una B-, señor Walker, mientras que su hermano gemelo sacó una A+. ¿Por qué no sigue su ejemplo?"

Parece que quieren hacerme sentir mal con esos comentarios o desean que termine odiando a mi hermano. Sin embargo, me alegro por él, visto que tiene claro qué estudiar en la universidad. Su futuro está planeado y asegurado. En cambio, a mí... todavía me resulta complicado decidir qué estudiar, porque es nuestro último año escolar y debo tenerlo claro antes de finales de julio.

Capítulo 1:

Siempre he creído que en las mudanzas algo inevitablemente debe romperse: un juego de tazas, o quizás unos cuadros de pintura de hace cuarenta años. Esta vez, fue el televisor de nuestra habitación que se manchó de tinta al golpearse contra el refrigerador. Ahora no tendré una pantalla para jugar *Grand Theft Auto* con Austin. Supongo que fue Jeremiah quien planeó esto por venganza, puesto que no lo dejé estudiar para su examen de admisión porque ayer estuve jugando hasta altas horas de la madrugada.

Lo culpo porque cuando estudia no para de murmurar y leer en voz alta, interrumpiendo mi sueño. Es algo con lo que debo lidiar la mayoría del tiempo. Debido a que compartimos habitación, ya es una costumbre que Jeremiah esté estudiando incluso en verano o en cualquier otro momento, y, al fin, ya no tendré que escucharlo más. Austin se va a independizar y me dará su habitación en nuestra nueva casa, o al menos eso es lo que me ha prometido. Aunque dice que nos visitará los fines de semana y quiere su habitación para no tener que dormir en la sala.

Austin, aparte de querer independizarse, optó por rentar un departamento cerca de su universidad y amigos, mientras que a nosotros nos mantendrá lo más apartado posible de su vida; y mis padres, su motivo de mudanza es Jeremiah. Le ofrecieron una beca para estudiar en Yale por sus buenas calificaciones. Por ello, estaremos en una nueva escuela que, por una extraña razón, usa uniforme escolar. Ya estoy empezando a pensar que me veré como un tonto, usando corbata la mayoría del tiempo.

—Bueno... Supongo que estas serían las últimas cajas de donaciones, mamá —dice Austin al dejar la última caja sobre el montón.

—¿Estás seguro de que te quieres ir, hijo? —pregunta papá, secándose las lágrimas de los ojos—. Si deseas, te podemos acompañar hasta tu departamento. Tenemos algo de tiempo, ¿no es así, familia? —agrega.

—Hayden, deja al muchacho irse por una vez por todas. ¡Nos llamas cuando llegues, por favor! —advierte mamá al salir junto a papá y Jeremiah.

—De acuerdo... mamá —agrega Austin al voltearse—. Oye, creo que se les olvidó que tienen un hijo extra...

Austin empieza a recoger sus pertenencias de la escalera de la sala.

—¿Crees que mamá te extrañe? Se va a sentir extraño el ambiente sin ti, Austin —suspiro—. ¿Con quién hablaré? ¡Oye, me has traicionado con la excusa de independizarte!

—Jeremy... Estarás bien sin mí. No tendrás con quién jugar, pero podemos jugar online... —me quedo en silencio, parado en una esquina de la casa, observando a papá dándole indicaciones a los de la mudanza—. Sé que te vas a sentir mal sin mí; esto es parte de crecer, ¿lo sabías, Jerry? Además, me reuniré con ustedes para cenar esta noche, así que todavía tendrás mucho tiempo para compartir conmigo.

—Sí, lo sé... ¿Por qué ahora que es mi último año de secundaria? ¡Me prometiste que me ayudarías a elegir qué estudiar, Austin!

Austin se queda en una esquina, con los brazos cruzados, observándome. Sin decir una palabra, agarra sus cosas y camina hacia la puerta. Antes de irse, me abraza rápidamente y corre a su auto. Mientras tanto, papá me avisa que estamos a punto de partir. Cierro la puerta de casa y corro hacia el auto de papá. Antes de que pueda subirme, Austin dice:

—No me odies, ¿de acuerdo?

Asiento y me subo al auto.

Mientras me ajusto el cinturón de seguridad, observo cómo Austin se aleja en su auto sin mirar atrás. Es extraño que no esté con nosotros, que no nos cuente chistes para pasar el tiempo. Sé que es parte de crecer y asumir los cambios, pero... ¿por qué es tan difícil aceptarlos cuando ya han ocurrido? A principios de mes, Austin anunció que se mudaría a finales de febrero; lo hizo mientras comíamos hamburguesas en el patio trasero.

La primera persona en aceptarlo fue mamá, quien tiende a ser reservada al expresar sus sentimientos. Papá, por otro lado, más expresivo, tardó una semana en analizarlo y aceptarlo. En esta ocasión, son las madres las que suelen aferrarse a sus hijos mayores, pero fue papá quien mostró esa reacción. ¿No es curioso?

Austin, además de ser inteligente, tiene una doble personalidad: una para mamá y otra para nosotros, papá, Jeremiah y yo. De hecho, todos la tenemos. Con mamá somos fríos y directos; con papá compartimos risas, bromas y chistes. No sé si se debe a que mamá es muy fría y distante con nosotros o a que nunca se ha abierto emocionalmente.

—¡Llegamos, chicos! —anuncia papá al bajar del auto—. Este es nuestro nuevo hogar, no estamos muy lejos de Austin, ¿o sí?

Pasamos por alto a papá mientras lo ayudamos a bajar las cajas de la cajuela. Entramos a la nueva casa y nos sorprende lo gigante que es. La sala parece tan irreal que no encuentro las escaleras. Jeremiah las halla primero y decidimos correr a nuestras habitaciones.

Entro a mi habitación y veo a Jeremiah caminando por la suya. El espacio aquí es tan amplio que puedo armar el mini gimnasio que siempre he querido, colgar mis posters de *Cigarettes After Sex* y colocar un gran espejo en la esquina. Tengo tantas ideas en mente que no sé por dónde empezar.

—¡Chicos! —mamá nos llama desde el segundo piso—. Van a compartir habitación hasta que estemos seguros de que Austin se haya mudado por completo.

Salgo rápidamente de mi habitación y me quedo en medio del pasillo, escuchando a mamá:

—Apuesto a que Jeremy compartirá mi habitación conmigo, ¿no es así, mamá?

Mamá ignora a Jeremiah y continúa diciendo:

—No, compartirás habitación con Jerry —añade—. Austin vino a ver la casa antes que ustedes, así que él tomó tu habitación primero. Vamos a ver la de tu gemelo —entramos a mi habitación. Jeremiah camina alrededor junto a mamá, quien comenta—: Es espaciosa, e incluso les va a sobrar espacio al montar los muebles.

—¡Mamá!, ¡prometiste que íbamos a tener nuestras propias habitaciones! —reclamo, cruzándome de brazos. Jeremiah frunce el ceño.

—¡Es cierto, mamá! —agrega—: Además, Jeremy no me va a dejar estudiar, ¡debo estudiar física!

—¡Por favor, Jere! Sólo será por un par de semanas... Puedes reclamar tu habitación a finales de marzo. ¡Relájate!

—¿Cómo quieres que me relaje? Tú no eres quien estudiará en Yale, ¡debo prepararme! —aclara Jeremiah mientras saca un libro de su mochila.

—Jeremiah, cariño... Debes calmarte, ¿está bien? —Jeremiah sale de mi habitación indignado, y mamá, a punto de seguirlo, aclara—: Tesoro... No le prestes atención a tu hermano, por favor, necesito que desempaques tus cajas principales y después de eso... Quiero que revises la caja de los viejos correos, ¡no tengo tiempo para hacerlo!

—Mamá... Quiero dormir, ha sido un día pesado.

—Okey, tesoro —suspira—: Duerme un rato, después iremos a cenar con Austin... Mañana entran a la nueva escuela... ¿Estás nervioso?

—Un poco, mamá —mamá quiere seguir hablando; la detengo—: Mamá, debo desempacar y prepararme para más tarde...

—¡Claro, cariño!

Mamá sale de mi habitación y cierra la puerta. Me dejo caer de rodillas y empiezo a desempacar las cajas de recuerdos que mamá etiquetó con mi nombre: *Recuerdos de infancia de Jerry*. Abro mi viejo álbum de fotos y lo hojeo lentamente. Miro las antiguas fotos Polaroid de nosotros con Austin en el parque, y las fotos de Jeremiah y de mí cuando nacimos en el hospital.

Antes de entrar a la secundaria, Jeremiah y yo éramos inseparables. Éramos tan similares que la gente solía confundirnos. Hacíamos casi todo juntos y hablábamos de manera tan parecida que mi padre tuvo que asignarme un apodo: "Jerry". Intenté hacer lo mismo con Jeremiah y llamarlo "Jere", pero nadie se acostumbró a decirle así porque sonaba muy patético; bueno, en ocasiones lo hacen.

Después de entrar a la secundaria, todo cambió. Él empezó a enfocarse en sus estudios, imitando a Austin, quien recibía constantes elogios de mamá por sus buenas calificaciones. No obstante, un día, Austin dejó de enfocarse en la escuela y empezó a seguir los consejos de papá, convirtiéndose en un estudiante promedio. Para no decepcionar a nuestra madre, Jeremiah decidió seguir los pasos que Austin había dejado atrás. Ahora, es insoportable.

Nuestra antigua habitación solía estar repleta de notas adhesivas con fórmulas químicas y físicas, libros tirados por doquier, y la cama de Jere, en lugar de estar cubierta con una frazada, estaba llena de hojas sueltas de antiguos libros de biología.

Capítulo 2:

Después de desempacar y barrer mi habitación, decidí tomar una ducha y tomar una siesta. Ahora me encuentro aquí, aplicándome mi perfume favorito mientras observo mi reflejo en la ventana sin cortinas. Al mismo tiempo, me percato del atardecer, con nubes de color naranja y un cielo azul. Esta parte del día es tan hermosa que se me hace irreal contemplarla. Es raro para mí disfrutar de este momento, ya que, mientras espero que instalen el Internet, no he usado mi teléfono en todo el día, lo cual resulta inusual.

Aparte de ser simplemente mi teléfono, me gusta usarlo para beneficio propio. Quiero decir, no es que lo use para pasar todo el resto del día jugando, sino que estudio cosas que realmente me llaman la atención y me serán útiles en el futuro. Por ejemplo, aprendí inglés mediante videos de YouTube e incluso sé algo de programación gracias al mismo medio. Esto es algo que me gusta de mí, ¡me encanta aprender nuevas cosas!, mas no presumirlas.

¿Para qué presumir? Si al final perderás todo al momento de pasar a mejor vida. Ojalá, Jeremiah, comprendiera eso. Verlo estudiar la mayor parte del tiempo es algo enfermizo para él. No digo que sea algo malo; incluso los científicos se toman descansos de tanta información que adquieren durante el día.

—¡Oye, Jere! —Jeremiah se quita sus audífonos para escucharme.

—¿Sí, dime, Jerry?

—Oye, ¿no crees que se te hace un poco tarde para cambiarte? —señalo nuestra caja de ropa—. Recuerda que tenemos una cena pendiente con Austin.

Jeremiah se levanta del suelo, se quita la camiseta y se pone una camisa rosada. Se aplica un poco de perfume y luego busca sus anteojos, que por cierto no tienen aumento. No entiendo por qué los usa si tiene una vista perfecta; supongo que es para aparentar ser más inteligente.

—Sólo iremos a su nuevo departamento, además, no es para tanto —aclara Jere al ajustarse los zapatos.

—Es nuestro hermano mayor, Jeremiah —añado aclarándome la garganta—: Ya tenemos diecisiete años, ¡por favor!, deberías saber lo importante que es esto para nuestra familia, Jeremiah, ¡ni siquiera te tomas la molestia de ducharte para ir a la cena de Austin! ¿Por qué?

—Sólo es una cena, no es el fin del mundo, Jerry... —papá de repente se asoma por la puerta.

—¿Qué pasa, muchachos?, ¿problemas de gemelos?, ¿se vistieron igual? —papá siempre trata de animar el ambiente a pesar de tener el mundo encima. Papá nos abraza mientras que caminamos a la escalera—. Chicos, no quiero que estén discutiendo, estamos en un nuevo hogar. Una nueva etapa para todos, más para ustedes que entran a una nueva escuela.

—¿Discutieron una vez más? —pregunta mamá al pasar al baño.

—Sí, amor, como de costumbre —papá cambia de tema—: ¿Pueden esperar en el auto, por favor?

Asentimos, bajamos las escaleras y nos dirigimos directamente hacia el auto. Abrimos las puertas de ambos lados sin intercambiar miradas, y nos sentamos, formando un silencio ruidoso entre nosotros. Observamos por las ventanas, sin mucho más que hacer, pues ninguno de los dos tiene datos móviles para aliviar la tensión del momento, y el teléfono de Jeremiah está sin batería. Como usamos el mismo cargador, por más razones que tenga, no se lo prestaré.

Este puede que sea nuestro último año estando juntos, primero se fue Austin, entre un par de meses será nuestro turno. En vez de disfrutarlo al máximo, estamos echando todo a perder. No habrá más tardes de ir a manejar bicicletas ni mucho menos noches de fogata y sé que suena algo tonto hacer todo esto teniendo diecisiete casi dieciocho años, pero, es una etapa donde muchos quisieran volver.

Y los dieciocho es más que un número, es la edad donde ya somos legales y podemos dirigirnos por nuestro propio camino. Sé que antes de llegar a ese número tengo que lograr ciertas cosas como: Saber de finanzas y economía, estar decidido por qué carrera estudiar durante los próximos cuatro años y tener al menos un departamento como Austin.

Lo que quiero llegar con esto, es que Jeremiah sea un poco menos aburrido e irritable. Siento que todo esto lo hace bajo presión. Mañana tiene su primera prueba de la universidad, esperemos que salga bien y llegue el sobre, el resultado con la respuesta, lo antes posible.

Papá y mamá se suben al auto, antes de arrancar, mamá se asegura que todo esté en orden.

—¿Hayden? —papá levanta las cejas a señal de respuesta—: ¿Recogiste el uniforme de los chicos de la tintorería?

Papá se lleva las manos al rostro con frustración y suspira profundamente.

—¡Por el amor de Dios! ¡Se me olvidó pasar por él!

—¡Por favor, Hayden Walker! ¡Te lo recordé más de dos veces! —grita mamá.

Ambos se bajan del auto y comienzan a discutir frente a él. Desde aquí, escucho a papá reclamarle a mamá, diciéndole que nada de esto habría pasado si no nos hubiera cambiado de escuela. Por una parte, me alegra que lo hayan hecho, dado que en la antigua escuela… ¿Para qué explicarlo? Todo giraba alrededor de Jere. Apuesto a que algunas de sus notas me las ponían a mí. Por eso pidió el cambio, si no, todavía estaríamos allí.

Esa antigua escuela es donde Austin terminó sus estudios. Antes de eso, estuvimos allí con él durante un año, el mismo año en que se graduó. Solíamos comer juntos en el recreo. Aunque Austin tenía sus amigos, prefería estar con nosotros.

Austin nos lleva dos años de diferencia y tiene veinte años, si bien su madurez y forma de expresarse lo hacen parecer mucho más maduro. A veces me impresiona lo profundas que pueden ser sus conversaciones, especialmente cuando hablamos sobre las crisis de la vida mientras esperamos el amanecer desde el tejado. Por cierto, Jeremiah no ha participado en ninguna de nuestras actividades.

Mis padres vuelven al auto y papá arranca sin decir una palabra. Conduce lo más rápido posible hasta llegar a la tintorería, que por lo que veo está cerrada. Al parecer, su hora de cierre es a las seis de la tarde, y ya son las nueve y media de la noche. Nuevamente se forma ese silencio ruidoso entre nosotros, hasta que papá rompe el silencio:

—El lado positivo de esto… ¡Es que tendrán otro día libre! ¡Enhorabuena! ¿No? —mamá le da una mirada asesina. No tengo idea de cómo papá puede sobrellevar a mamá. Otro hombre le hubiera pedido el divorcio en el primer mes de matrimonio. No, apuesto que ni siquiera le habría pedido casarse—. ¡De acuerdo! Odio tu mirada asesina, Joanne. Antes de irme a la oficina, pasaré por el uniforme de los chicos.

Mamá pasa por alto a papá, cambiando el tema se dirige hacia nosotros avisándonos que estamos en frente del condominio donde vive Austin. Nos bajamos del auto, nos indica que los esperemos en la entrada del edificio.

Por un momento pensé que me salvaría de no ir a la escuela por un día, pero, conociendo a mamá y a Jeremiah, hallarían una forma u otra de asistir el primer día. Mamá siempre busca soluciones, mientras que papá encuentra alternativas. Esta vez fallaron. Todavía no me siento listo para entrar a la nueva escuela. No lo digo por las notas o algo más, sino por las personas que habrá allí. ¿Y si no encajo en ningún grupo? Lo dudo, nunca encajo con nadie.

Entramos al departamento de Austin y quedamos impresionados. Es prácticamente el refugio ideal del hermano mayor de los 2000. La sala está pintada de negro con colores brillantes, hay estuches de juegos de Xbox apilados, y un gran televisor para jugar alguna Batalla campal. El ambiente refleja perfectamente a Austin; es su lugar soñado.

Austin acaba de regresar del gimnasio, mamá lo está ayudando a preparar la cena, papá revisa cada rincón en busca de fallas para repararlas de inmediato, mientras nosotros jugamos Uno en medio de la sala, bebiendo Coca-Cola sin azúcar.

—¡Agarra cuatro cartas, más dos, y bloqueo! —grita Jeremiah al tirar tres cartas sobre la mesa.

—¿Por qué tiraste "bloqueo" si somos dos?

—¡Jeremy, por favor, mejora tu vocabulario! —me regaña mamá al llegar al comedor con la bandeja de Lasaña en las manos—. Por favor, lávense las manos y vengan a comer.

—¡Ya tengo las manos limpia, mamá! Usé gel de manos —aclaro al momento de sentarme en la mesa. Austin me da un billete de veinte dólares, susurrando me dice que lo guarde para mí.

—Puedes venir a quedarte a mi casa cuando quieras, ¿estás listo para mañana? —pregunta empezando a comer.

—A papá se le olvidó pasar por el uniforme —papá tose y abre los ojos del asombro—, pero... Irá temprano por la mañana antes de entrar a la escuela.

—De acuerdo... —Austin dio un suspiro—. Bueno, ¿ya podemos empezar a comer?

Ahora todos reunidos empezamos a comer. En medio de la cena, mamá saca una cámara y nos toma una foto, prometiendo colgarla como recuerdo en la nevera. Papá y Austin no le prestan atención y empiezan a hablar sobre carpintería. De repente, Austin cambia de tema y trata de captar nuestra atención golpeando su vaso de vidrio con un tenedor.

—Familia, ¡debo anunciarles algo! —Austin avisa emocionado teniendo una sonrisa de oreja a oreja—: Es algo muy importante.

—¿Qué es, hijo mío? —pregunta papá.

—Me saldré de la universidad... —responde sin pelos en la boca.

Todos nos quedamos impactados por lo que acaba de decir Austin, ¿cómo es posible escuchar esto por parte de él? No puedo creer que mi hermano mayor se dé por rendido tan pronto, ni siquiera lleva un año en la universidad para decir que está cansado, ¿será que no le gusta su carrera?

Según tengo entendido, Austin decidió estudiar Arte Creativo y Diseño en la Universidad de New Haven por elección propia. Mis padres no influyeron en su decisión de carrera, sólo proporcionaron el apoyo financiero.

—Austin... —mamá lo llama—: Sabes lo caro que es pagar una carrera universitaria, ¿no?

—Austin, tu hermano Jeremy, perdón, Jeremiah... —añade papá—: Está por ganarse una beca para entrar a Yale, ni siquiera hemos terminado de pagar tu carrera para decir que le pagaremos la carrera a Jerry. ¿Qué te pasó? ¿Hay algo que no te guste?

Interrumpo:

—Esperen... ¿No pretendían decirme que no podían pagar mi carrera? ¿Ni siquiera la matrícula? —mis padres no me dirigen la mirada, de repente pararon de hablar acerca de Austin—: Papá, ¡di algo por el amor a Dios! No es posible que ya tengan preferencia entre hijos.

Papá sube su tono de voz:

—¡Jeremy, no tenemos el dinero suficiente! ¿De acuerdo? ¡No quiero más comentarios acerca de este tema! —nos quedamos en silencio, papá da un suspiro se levanta de la mesa y se va a una esquina, y desde ahí ordena—: Austin, Joanne... Quiero hablar en privado con ustedes, por favor.

Los tres van a la habitación de Austin, desde aquí donde estamos sentados podemos escuchar sus murmullos a través de las paredes. Cómo discuten entre ellos, es la primera vez que escucho una discusión familiar en esta familia. No puedo creer que mi futuro no esté asegurado, no sé cómo sentirme al respecto, siento que eché todo a perder cuando ni siquiera me he graduado de secundaria.

Capítulo 3:

El despertador me arranca de mi sueño. Lo golpeo hasta descomponerlo. Abro los ojos y veo el abanico del techo girando. Miro la hora en mi teléfono: son las ocho de la mañana. Me levanto del suelo asustado, con dolor de espalda porque no han montado mi cama y tuve que dormir sobre un pedazo de cartón con mi almohada.

Despierto a Jere. Ambos estamos impactados por la hora. Corremos al baño: yo al de la segunda planta y Jere al de la sala principal. Después de ducharnos, intentamos despertar a nuestros padres, que aún están dormidos. Papá abre la puerta, nos mira un momento y recuerda que debió haber recogido nuestros uniformes hace dos horas. Suelta un grito ahogado.

Cierra la puerta de su habitación, dejando a mamá dormida. Nos avisa que irá a buscar los uniformes y que debemos estar listos lo antes posible. Si mamá se entera de esto, seguro nos mata a los tres. Y esta es la primera vez que nos ocurre una situación como esta. Supongo que se desvelaron pensando en lo que les dijo Austin, y por eso no pudieron levantarse a tiempo. También es raro que Jeremiah no esté ansioso por llegar temprano a la nueva escuela.

Todavía no tengo claro qué Austin decidió para su vida. Es sorprendente que haya tomado esa decisión, aunque muy típico de él, quien desde que cumplió 18 años no se ha dejado gobernar por mamá. Digamos que mamá tiene un lema que para mí es un trauma de la infancia: *«Si no tienes un título universitario, no vales la pena, no conseguirás una vida perfecta y serás la decepción de la familia».*

Para mí, es sólo una mentira más entre un millón. Un título no te asegura un puesto de trabajo ni mucho menos el éxito. Las personas que admiro tienen sus títulos como un punto adicional en su biografía de Google o nunca asistieron a una universidad en toda su vida. Como Taylor Swift, quien se enfocó en su carrera musical en vez de una profesional durante sus primeros años de juventud. Hasta los 32, cuando por fin obtuvo un doctorado. Con o sin título, es igual de exitosa.

Es un simple papel por el que las personas se matan por obtener. Por mi parte, me preocupa no obtenerlo, ya que ni siquiera tengo por seguro si entraré a alguna universidad. Y ya estoy pensando en ello y ni siquiera he culminado la secundaria. De todas maneras, apliqué en un par de universidades; con mis notas, espero que me acepten o manden un correo electrónico notificándome que estoy en lista de espera, cualquiera de las dos opciones menos quedarme sin estudiar. Es mi mayor miedo por ahora.

Aunque sea una universidad pública, no importa si alargan más mi carrera; con estudiar, estoy conforme con ello.

—¿Desayunamos antes de ir a la escuela? —pregunta Jere al salir de nuestra habitación, bañado en su perfume favorito. Noto que le ha salido vello facial en las mejillas—. ¿Qué me ves?

—¿Te estás dejando crecer el bigote? —pregunto, mientras me toco las mejillas. Si a él le creció vello facial, significa que a mí también. Corro al baño, me miro al espejo y trato de encontrar la máquina de afeitar—. ¿Papá desempacó sus cosas personales, Jere?

Jere entra al baño, preocupado.

—Las tiene en su habitación —afirma Jere al darse por rendido.

Nos quedamos preocupados sin saber qué hacer; no podemos presentarnos en la nueva escuela con un mal aspecto. Mala suerte que heredamos la genética de papá, con esos genes que hacen crecer la barba de un día para otro. Pensándolo bien... Al observarme nuevamente en el espejo, no me veo tan mal con barba.

—¿Qué vamos a hacer, Jeremy? —consulta Jere.

—Podríamos infiltrarnos en la habitación de papá... —suspiro—. No tengo ni más remota idea de qué hacer, estoy cansado, ¡ni siquiera dormí bien!, por culpa de ese cartón.

En ese momento llega papá con las bolsas de la tintorería y una bolsa de pan del supermercado. Apurado, nos indica que vayamos a cambiarnos mientras él nos prepara el desayuno. Ya en nuestra habitación, observamos nuestros uniformes ya listos. Nos percatamos de que al uniforme de Jeremiah le faltan los bordes amarillos en las hombreras. No le prestamos atención y seguimos ajustándonos la corbata.

Esta parte la odio, aún no sé ajustarme la corbata a la perfección, lo cual resulta increíblemente frustrante y tarda demasiado. Jeremiah se da por vencido, tira su corbata al piso y la maldice. Papá entra rápidamente a nuestra habitación.

—¡Chicos, calma! Yo estoy aquí —dice papá mientras se acerca y me ayuda a atar la corbata. Cuando es el turno de Jere, pregunta la hora. Tenemos una hora de retraso.

—¡Por favor! ¿Qué más puede salir mal hoy? —exclama papá, al suspirar e ignorar la situación—. Muchachos, necesitan llegar temprano a la escuela... Su desayuno está en sus mochilas, ¿de acuerdo?

Bajamos a la sala y corremos hacia el auto. Papá se monta y lo enciende, manejando lo más rápido posible. Sin embargo, nos detenemos abruptamente cuando el auto avisa que se ha quedado sin gasolina. Nos quedamos estancados en medio de la calle, a 6 km de la escuela según Google Maps.

Papá se baja del auto, frustrado y cansado. Nos avisa que llamará un taxi, pero al sacar su teléfono de su chaqueta, se da cuenta de que no tiene carga. Nos pregunta por nuestros teléfonos; no obstante, ninguno de los dos tiene saldo para llamar.

—No queda otra opción que caminar. Jeremiah, ¿cuántos son 6 km en millas? —pregunta papá, poniendo la mano en la frente para protegerse del sol.

—Bueno... —Jere se aclara la garganta—. Seis kilómetros multiplicado por uno y dividido por 1.609, eso daría un resultado de...

—3.72 millas, si redondeas sería 3.73 para ser exactos —lo interrumpo.

Papá se altera.

—¡¿Por qué van a discutir sobre física?! ¡Por el amor de Dios, necesitamos un bendito taxi!

Papá nos ignora y llama un taxi. Lo consigue y nos subimos rápidamente. Llegamos a la escuela justo a tiempo antes de que cierren las puertas. Al bajarnos del taxi, Jere olvida su mochila en la cajuela. Papá corre a detener el taxi.

—¿Qué clase de maldición tenemos? —se pregunta papá al llegar con la mochila, cansado y sudado.

—Puede ser una buena señal, algo bueno se aproxima —comento al reírme.

—¿Pueden entrar a la escuela, por favor? —responde él—. Tendré que llamar a su madre y explicarle lo que pasó. Por suerte, aún es temprano y no hay tanto sol.

—¿Seguro de que podemos entrar? —pregunta Jere, observando al vigilante de la puerta. El señor parece serio, con lentes y la frente arrugada.

—¿En serio debemos pasar por ahí?

—No queda de otra.

Papá se dirige al vigilante, le explica lo que nos pasó, y el señor responde con un sermón sobre las reglas de la institución.

Ignoramos eso y finalmente nos deja entrar. Saco mi teléfono y verifico el aula que nos toca a primera hora, aunque ya ha sonado el timbre para la segunda. Me doy cuenta de que Jere y yo estamos en el mismo grupo, hasta ahora me percato de ello. Levanto la vista y veo la multitud de estudiantes caminando; todos son varones. Resulta que esta es una escuela sólo para chicos.

—¿Ya sabes dónde queda la próxima clase? —me pregunta Jere mientras me da un codazo.

—Nos toca inglés, es un salón en el segundo piso —respondo, comenzando a correr.

Notamos a un par de chicos que se dirigen en la misma dirección, sólo que están a unos metros por delante. Finalmente, entramos al salón, donde hay un murmullo constante de conversaciones. Todos notan nuestra presencia, puesto que un silencio repentino se apodera del aula. Al parecer, ya todos se conocen y se llevan bien entre sí. Se agrupan en pequeños círculos, y se puede notar incluso en la forma en que llevan el uniforme: algunos lo combinan con relojes lujosos, mientras que otros usan el uniforme sin bléiser, luciendo sólo la camisa blanca.

Jeremiah y yo intercambiamos miradas; luego, nos dirigimos a dos asientos en la parte delantera y nos sentamos. Nuestros nuevos compañeros siguen ocupados con sus propios asuntos, sin prestarnos atención. Jeremiah parece no estar listo para empezar en esta escuela, y yo tampoco. Hoy ha sido nuestro día de mala suerte. Estamos trasnochados, sin afeitar y sin desayunar. Al menos, nuestros uniformes están planchados.

En nuestra antigua escuela, solíamos estar juntos en la misma aula, pero éramos polos opuestos. Ahora aquí por lo que veo seremos más unidos que nunca.

—¡Buenos días! —saluda una profesora al entrar. Tiene el cabello negro, parece joven y lleva anteojos.

—¡Buenos días, profesora! —todos se levantan de sus asientos para saludarla, así que nosotros hacemos lo mismo.

—Pueden sentarse, chicos, por favor —la profesora se acerca a nuestros puestos y nos mira de arriba abajo—. Ustedes deben ser los gemelos Walker, ¿no es así? —asentimos—. En esta escuela es raro que haya gemelos en el mismo grupo, considerando que cada uno debe tener un ambiente distinto para relacionarse con diferentes personas.

—Siempre hemos estado en el mismo grupo... —trago saliva—. Además, somos nuevos; no sabíamos nada al respecto.

—Bueno, ¡bienvenidos! Quiero que sepan que no deberían limitarse a conocer a sus compañeros. Puede que parezcan amargados y antisociales; son todo lo contrario —añade mientras empieza a borrar el tablero—: Otra cosa, mañana espero que vengan ya afeitados. Son guapos, sí, pero creo que sería agradable que se dejen crecer la barba en vacaciones.

Nuestra profesora comienza a dar la clase. Mientras explica, tomamos apuntes. Parece ser del tipo que enseña la teoría en español y luego la practica en inglés en el tablero. Aún se me hace raro ver a tantas personas usando uniforme. Al principio pensé que podría acostumbrarme; me siento como en la Guerra Fría, con un par de comandantes con medallones más falsos que las medallas que otorgan al equipo perdedor en los partidos escolares de fútbol.

Después de treinta y cinco minutos, la clase termina. Al ajustar mi mochila, reviso el horario en mi teléfono y rápidamente le indico a Jeremiah que nos toca Biología. Tratamos de salir, pero hay un tráfico en la puerta.

—Hermanos Walker —nos llama nuestra profesora al levantarse de su pupitre.

—¿Sí? —nos situamos en un rincón, con los brazos cruzados, esperando a ver qué nos dice.

—Quiero informarles que, más allá de ser su profesora, soy su consejera o tutora, como prefieran llamarme —añade, comenzando a escribir en una nota adhesiva—. Este es mi número. Quiero que estén lo más cómodos posible este último año de secundaria. Lo digo porque algunos exestudiantes ni siquiera quieren recordar su último año escolar, y no deseo que sean unos más del montón.

—¿Por qué lo dice? —pregunto—: ¿El grupo no se lleva bien entre sí?

—Es sólo un consejo. ¿Eres Jeremiah o Jeremy? —nos reímos entre nosotros por la confusión.

—Soy Jeremy —digo, agarrando a Jere—: A Jeremiah lo pueden diferenciar porque lleva un pin de águila —señalo el bléiser de Jere—. También, saca muy buenas notas.

—¡Oh, eres el que se ganó una beca a Yale! ¿No? —Jeremiah asiente—. ¿Por qué motivo te la ganaste?

—Bueno... me la gané por mis buenas notas y también por haber estado en el equipo de natación de mi antigua escuela.

Salgo del salón, dejando a Jere a solas para que hable con nuestra consejera y presuma lo increíble que es. Prefiero esperarlo a tener que escuchar su historia por milésima vez. Espero que esta historia no se repita; sé cómo termina, y su final no me gustó.

Capítulo 4:

Con tan solo escuchar la voz del profesor de biología, me di cuenta de que era un amargado sin vida social; en vez de explicar la clase, nos mandó a ver un video de las enfermedades sexuales en YouTube en grupos de tres personas. Ahora, mientras lo miro de reojo, noto que está absorto en su teléfono al mismo tiempo que come una barra de arroz inflado.

Siento que este viejo me hará la vida imposible, debido a que nos explicó su metodología de notas y trabajo, y al parecer es una estupidez; porque no hará los parciales físicos sino digitales. Se me hace una injusticia que ni siquiera ofrezcan la clave del internet escolar para que haya equidad entre todos, y así poder acceder a los ejercicios virtuales del señor este.

No tengo ni idea de cómo me voy a llevar con este profesor; sin embargo, dicen que los profesores que más te hacen la vida difícil en la secundaria son los más difíciles de olvidar. De una manera u otra, la mente te hará recordar alguna mala experiencia con ellos. Como mis viejos... No, no tengo ninguna mala experiencia con ningún antiguo profesor, y espero que siga siendo así.

—¿Y ustedes cómo se llaman? ¿Cómo...? ¿Cómo los diferencian? —pregunta nuestro compañero de equipo, cuyo nombre aún desconozco. Jere y yo intercambiamos miradas y dejamos que siga hablando al hacer preguntas incoherentes—: ¿No es raro tener a alguien con tus mismas cualidades físicas? ¡Oh, esperen! ¿Usan el espejo para probarse la ropa?

Jeremiah finalmente lo calla al decir:

—Oye, ¿no crees que el profe Miguel nos reprenda por estar hablando? —pregunta Jeremiah, luego saca sus gafas sin aumento del bolsillo y se las pone. ¡Ay, Jere! Ya quieres cometer el mismo error del año anterior.

—Oye, ¿cómo te llamas? —le pregunto, dejando mi teléfono encendido con el video reproduciéndose.

—Arnold, Arnold Cox —nos estrecha la mano a cada uno—. ¡Oigan!, no me han dicho sus nombres.

—¡Oh, casi lo olvidaba! —suspiro—. Bueno, yo me llamo Jeremy y mi hermano se llama Jeremiah. Yo soy el guapo y él es mi copia —Arnold se echa a reír y Jere me da un golpe en tono de juego.

—Podemos ser amigos si así lo desean —dice, aclarándose la garganta—: Como primer consejo, les recomiendo que no se junten con los de la esquina; son unos arrogantes que se creen dueños del grupo —señala a un grupo de chicos, todos con las orejas perforadas—. ¿Saben? Uno de ellos se creía el Rey de Roma porque el año pasado lo asignaron como encargado del salón, hasta que Ariel le quebró la nariz.

—¡Impactante! —dice Jeremiah abriendo los ojos de par en par, con sarcasmo.

Suena la campana y ordenamos las bancas en sus lugares. Arnold nos comenta que debemos formar fila para que el profesor nos firme nuestra agenda, según para reemplazar la asistencia y saber que asistimos a su clase. De verdad, ¿no hay profesor más flojo que este? Esto, además de ser una de sus muchas estupideces, nos atrasa.

Finalmente llegamos al profesor. Primero me recibe a mí y luego a Jere. ¡Por amor a Dios! Otro que nos hará llegar tarde. Apuesto que está a punto de preguntar: «¿Quién es quién? ¡Dios, qué complicado!». Le respondo rápidamente, porque Jere le sacará una charla de un siglo: «Yo soy Jeremy y él es Jeremiah». ¡Qué complicado es esto! Es algo diario ya.

—¿Puedo adivinar quién es quién? —estoy a punto de responder, mas este se rehúsa a escucharme—. Es broma, chicos. Les vengo a ofrecer algo —tose—, ¿ustedes solían ser parte del equipo de natación de su escuela?

—Sí, pero... —Jeremiah me mira, me ignora y sigue—: Nos retiramos.

Espero que no esté pensando en decir la verdadera razón de nuestro retiro.

—¿Por qué se retiraron? —pregunta nuestro profesor, cruzándose de brazos.

¡Por favor, que no le diga la verdadera razón! Todavía me arrepiento de la decisión más imprudente que he tomado. Me arrepiento porque fue un grave error. ¿Qué sería de mí si nunca hubiera tomado esa maldita decisión?

—Yo me retiré porque me fracturé el pie y Jeremy se retiró porque... —sé que se quedó sin ideas—, porque... —intervengo en la conversación.

—Porque subí algo de peso —el profesor suelta una carcajada.

—Yo te veo excelente —dice el profe, sacando unos papeles de su cajón que al parecer son unas solicitudes de ingreso—. ¿Por qué no se inscriben? Mañana mismo pueden iniciar. Tenemos prácticas los martes, jueves y viernes. ¡Deseo que estén allí! ¡Oí que uno de ustedes era el experto; deseo descubrirlo!

—Tenemos meses que no sabemos nada de natación —Jere me da un codazo—. Mañana estaremos allí, profesor —tomo las hojas de ingreso y las guardo en mi bolsillo.

Salimos del salón junto a Arnold. Jeremiah me susurra al oído que esta es una buena oportunidad para comenzar de nuevo. Me ha hecho tantas cosas que aún no puedo perdonarlo. La razón por la cual nos "retiramos" del equipo de natación, cuando yo era el único que ganaba medallas, es porque Jeremiah era un desastre en el equipo. Era una lástima tenerlo en la banca, ya que no hacía nada bien en absoluto. Y, como es típico de Jeremiah, no iba a permitir que lo humillaran por cometer errores. Así que me pidió que nos retiráramos del equipo por esa misma razón. Y, mis padres, si Jere se retiraba solo, no lo habrían permitido.

Fue algo frustrante, como estaba a punto de ganarme una beca, y al final... Todos conocen el resultado: él se ganó la bendita beca. Aún no logro entender por qué ni cómo. ¿Qué hizo para merecérsela?

Ese día, cuando le anunciaron la noticia, no pude contenerme y lloré de ira, preguntándome: ¿qué hice mal para merecerme esto? Lo único en lo que era bueno me lo arrebataron. Y lo peor es que tuve que fingir que había subido de peso por la creatina que consumía, cuando en realidad no aportaba nada; en su lugar, engordé dos kilos debido al azúcar. En serio, me arrepiento de esto.

Si regreso a la natación, será como repetir una historia ya cerrada. Dicho esto, como todo gira en torno a Jere, debo apoyarlo.

—¿Jeremy, en qué piensas? —me pregunta Jere al sacudirme.

—Nada, Jere.

—Después de clases vamos a mi casa, dado que el profesor de español está por anunciar que haremos un trabajo de grupo, y deseo a hacerlo hoy —avisa Arnold al entrar junto a él al salón.

Capítulo 5:

Llegamos a la casa de Arnold en su auto, que según es de su padre, pero se lo regaló para su cumpleaños ya que es algo viejo, y necesitaba uno nuevo, así que ahora es todo suyo. Es un **BMW Z4 2004** negro, acordando con Jeremiah, quien sabe de autos antiguos, lo reconoce de inmediato.

A Jeremiah siempre le han fascinado los autos. Tiene una colección de **Hot Wheels**, y la mayoría de sus cuadernos están decorados con *Ferraris* lujosos, de esos que nunca tendremos. Desde pequeño, mamá solía vestirlo con ropa de autos, y tal vez por eso ahora sabe tanto sobre ellos. Ha estado obsesionado desde entonces. Por mi parte, me gusta tocar la guitarra eléctrica; sólo eso por ahora. No tengo una obsesión que quiera presumir; así que lo único que me gusta mostrar es mi colección de CD y vinilos de Cigarettes After Sex y *The 1975*.

Entramos a la casa de Arnold, que parece estar solitaria. Las cortinas están cerradas y las luces apagadas, así que supongo que estamos solos por ahora. Lo seguimos y, en medio de la escalera, nos advierte que sus perros son juguetones y pueden saltarnos, por lo que debemos tener cuidado con nuestros uniformes.

—¡Bienvenidos a mi habitación, mi mente, mi mundo! ¡Mi personalidad! —comenta Arnold, dejándonos pasar antes que él. Nos quedamos en medio del cuarto, observando a nuestro alrededor—. ¡Oigan, siéntense! Hagan como si estuvieran en su casa —se quita el bléiser y lo deja sobre la silla de su escritorio—. ¿Quieren algo de beber? Voy por jugo de manzana.

—De acuerdo, Cox —dice Jeremiah, mientras observa a Arnold salir. Luego, se pone a contemplar las patinetas que Arnold tiene colgadas en la pared.

En cuanto a mí, me tumbo en la cama de Arnold, ya sin los zapatos y con el bléiser sobre mi mochila en el suelo. Hoy ha sido un día realmente agotador para ser el primero. ¿Es normal que asignen tantas tareas en menos de cinco horas? Por amor a Dios, lo peor es que siempre usan la misma excusa: que en la universidad será aún más difícil, que los profesores serán más exigentes y las tareas más pesadas. Como si no supieran que todo depende de la carrera que elijas. He visto y oído que algunas son más duras que otras, como Ingeniería en Software, Medicina... o bueno, Medicina Veterinaria. No sé cuál de esas tres será peor.

Otro detalle que pocos mencionan es que algunas personas tienen la costumbre de elegir carreras tomando en cuenta que son malas en Matemáticas, Física, Química e incluso en Inglés. Si no se les da bien los números y las fórmulas, ¿para qué ser masoquistas y meterse en una carrera que conlleva cálculo? Es como si alguien que es buen dibujante se metiera en cardiología sólo porque tiene que dibujar corazones, y al final termine quejándose por las horas extras de anatomía del cuerpo humano. ¡No entiendo!

Si alguien es bueno en algo y le apasiona, debe enfocarse en ello. Así hay menos demanda en las carreras de alto prestigio. Y hay que dejar de romantizar las carreras, cuando lo único que hacen es gastar dinero. Así las universidades ganan, llenan los grupos para que al final se salgan a las pocas semanas del primer año por no llenar las expectativas de los estudiantes, cuando hay muchos que sí desean estudiar.

En ocasiones son sueños, en otras es la dura realidad; a veces es la positividad y la fe, y en otras, solo es el coeficiente y el ego de ser alguien que no eres. Como ejemplo: Mis excompañeros de mi antigua escuela, que únicamente eligieron el bachiller que tienen por el simple hecho de creerse los mejores de la escuela cuando a duras penas pasan con C-, porque recuerdo muy bien cuando no dejaban tranquilo a Jeremiah debido a que era muy bueno en física. No quiero ver a esos ineptos convirtiéndose en doctores que, segundos antes de una operación, consulten en un video de YouTube sobre cómo conectar las arterias, ni a un ingeniero de Software usando inteligencia artificial para programar.

Esa es la realidad de la vida universitaria: personas desorientadas sin rumbo en la vida real en plena crisis de los veinte. Por eso, es fundamental considerar qué se quiere ser en el futuro e investigar a fondo. Y, por lo que veo, quien está en esa crisis es Austin.

Me preocupa que esté desorientado; no sé nada de él desde ayer. Quizás más tarde lo llame y podamos salir en la noche por un helado. Tal vez invitemos a Jere, bueno, si no se pone impertinente y comienza a hacer las tareas pendientes cuando debe entregarlas en dos semanas.

—¿Qué crees que esté haciendo Austin, Jeremy? —pregunta Jere al acostarse al otro lado de la cama.

—Justo pensé en él —suspiro y digo—: Creo que deberíamos salir con él esta noche. Quisiera saber por qué decidió salirse de la universidad repentinamente.

—También quisiera saber.

—¡Llegué, chicos! —avisa Arnold al entrar con una bandeja de papas con aderezos—. ¿De qué me perdí? —Arnold deja la bandeja sobre la cama, cambia de tema de la nada—: ¿No quieren escuchar música?

—Sí, claro —pregunto mientras Arnold está parado buscando sus vinilos en una caja de plástico—. ¿Qué clase de música sueles escuchar?

—De todo un poco —dice Arnold al fin, encontrando un álbum en inglés—. ¿Te gusta *I Like It When You Sleep, for You Are So Beautiful Yet So Unaware of It*?

—¿No crees que era más fácil decir que te gusta The 1975? —nos echamos a reír al mismo tiempo que Arnold reproduce el vinilo y le sube el volumen.

Arnold se quita sus zapatos y se tumba en su sofá, busca un cómic y lo empieza a leer. Mientras tanto, Jeremiah y yo prestamos atención a la siguiente canción después de la intro del álbum. Cuanta más atención le pongo a las letras, más pienso en el futuro; a pesar de que las letras no tienen nada que ver con ello.

—Oye, Arnold —Arnold deja de leer para prestarme atención—. ¿Qué sabes sobre el equipo de natación del profesor Miguel? ¿Es tan bueno como leí en el folleto y permiso?

Arnold baja el volumen de la música. Se dirige al armario y de él saca una caja. Me la entrega en las manos. Jeremiah se pone a mi lado y, por lo que veo, hay medallas de oro, plata y bronce; fotos de Arnold en ropa de natación en los campeonatos, más fotos de él con el equipo, y una en la que sale con el profesor Miguel, que, al parecer, no es tan amargado como lo pensaba.

—Las fotos hablan más que mil palabras —añade Arnold al entregarnos un reconocimiento de oro—. Pero más participantes se han retirado a lo largo de los meses. Sólo quedamos unos tres, que son los que más disciplina tienen, y yo, creo que eso es más que suficiente; aunque hay un par más que se mantienen en la banca.

—¿Por qué no te has salido? —pregunta Jeremiah, tragando saliva—. Disculpa, lo que quería preguntar era... ¿por qué se han salido tantas personas? ¿Es tan malo el profesor Miguel? —soltamos una carcajada, excepto Arnold, que se queda viéndonos con incomodidad.

Arnold camina a su ventana, mira el paisaje afuera y desde allí nos dice:

—Desde que falleció la esposa del profesor Miguel, no ha sido el mismo y nos entrena sin ánimo —siento que algo en mí me ha hecho sentir mal por el profesor, lo critiqué sin antes haberlo conocido, ahora con más atención escucho lo que dice Arnold—: Perdimos los campeonatos por el mismo motivo, el profesor casi pierde su puesto… es una larga historia. Muchos se salieron del equipo y optaron por unirse al equipo de fútbol.

—Lo siento por él —toso—, no sabía que el profesor estaba pasando por una crisis de depresión.

—¿La escuela ofrece alguna beca universitaria por participar? —pregunta Jere al dejar la caja de Arnold en una esquina.

—Sí, claro —el entusiasmo brilla en los ojos de Arnold—. El director de la escuela, el profesor Darwin, ofrece becas a los equipos que ganen más medallas de oro antes de que termine el año escolar.

—Es imposible ganar más de cinco medallas de oro en menos de seis meses por equipo —agrega Jere al levantarse de la cama—: Debieron haber recolectado mínimo quince medallas durante estos dos últimos años, ¿cuántas medallas tienen en la actualidad?

Mientras escucho a Jere y Arnold hablar, no puedo evitar pensar en la beca universitaria que ofrece el director. Si logro ganar las medallas necesarias, podré ingresar a una de las universidades más importantes de Connecticut, aparte de Yale y New Haven. Mi familia quedaría impactada. Así, podré obtener mi título como Ingeniero en Software o programador; para mí, es casi lo mismo. Lo que realmente deseo es tener algo por lo que pueda ser recordado.

—Tenemos apenas seis medallas… —le responde Arnold a Jere.

—Será imposible recolectar lo necesario… ¿Cuántas medallas necesitan?

—El último equipo recolectó veintidós medallas el año pasado —Arnold cuenta mentalmente—. Necesitaríamos diecisiete medallas para superar al equipo anterior, a menos que el equipo de fútbol recolecte lo necesario... muchos ingresaron el último año.

—¡Imposible!, nos costaría mínimo tres años recolectarlas... y... además —interrumpo a Jere:

—Bueno vamos a conseguir esas medallas, cueste lo que cueste —digo.

Haré lo posible para conseguir las medallas, no importa qué. Necesito pensar y planificar mi futuro. Lo único que quiere lograr Jeremiah es bajarle la autoestima a los demás, cuando él ya consiguió su bendita beca. Si no fuera por eso, Jeremiah no hablaría tanto.

Capítulo 6:

Me levanto por el sonido de las ramas del árbol de la ventana que pega contra la brisa nocturna de la primavera. Abro los ojos lentamente, noto a mi alrededor que mi habitación está a oscuras y se mantiene fría por el ventilador eléctrico. Me levanto del suelo, al pasar a la puerta, noto que Jeremiah todavía sigue durmiendo arropado de pies a cabeza con su frazada favorita.

Bajo las escaleras y me encuentro con Austin en la sala, montando la mesa del comedor. Está de espaldas, sin camiseta, con sus vaqueros y su cinturón de herramientas. Por lo que veo, ha ensamblado la mayoría de los muebles de la sala. Al parecer, salió del gimnasio y se dirigió directamente aquí, ya que su mochila está tirada en la esquina de la escalera.

Mamá y papá todavía no llegan del trabajo y ya mi estómago me ruega por comida. Apenas llegamos, nos duchamos y caímos dormidos en esos pedazos de cartones. Ni siquiera hemos almorzado, por lo que soy capaz de comerme una vaca entera si tuviera la oportunidad.

En la casa de Arnold no comimos lo suficiente, como apenas lo estamos conociendo, sería una falta de respeto quedarnos a cenar cuando ya nos ofreció aperitivos de una vez que entramos a su habitación. Aparte de eso, hicimos los deberes y seguimos escuchando algo de música. Arnold, de verdad parece muy amigable y sociable.

Según él, es un alivio tener a personas diferentes al resto del salón debido a que ya todos se parecen entre sí. Porque en realidad no hay personalidades propias en ese grupo según Cox. Le creo un poco, hoy antes de la salida unos imprudentes quisieron molestarnos preguntándonos cosas como: «¿si uno se corta, el otro lo siente?» «¿Tienen telepatía entre ustedes?», fueron un par de preguntas más que no quiero recordar y lo único que siento por ellos es vergüenza ajena.

—¿Extrañas tu cama? —me pregunta Austin al quitarse las gafas de protección y casco—. Veo que no duermes bien en ese cartón.

—¿Qué te puedo decir? Apenas tenemos un día de habernos mudado —me siento en un escalón de la escalera, y Austin decide sentarse a mi lado—. No es nada fácil la primera semana de mudanza, polvo y polvo por doquier.

—Apenas llevan un día, Jeremy —nos echamos a reír. Austin pregunta—: Oye, ¿cómo te fue en tu primer día? ¿Hiciste algún amigo?

Miro por un corto tiempo a Austin. Ya se parece a papá preguntando de más, y es el que más se asemeja físicamente de los tres. A excepción de tener el cabello castaño ondulado, pero la piel y los ojos son de mi padre. Lo único en que nosotros nos parecemos a mi padre es en el cabello negro ondulado y la nariz perfilada.

—Sí, hicimos un amigo. Por cierto, se llama Arnold... Arnold Cox.

—De acuerdo —Austin se limpia el sudor con su toalla y me comenta—: Oye, creo que deberíamos revisar las cajas de los correos... Mamá me llamó esta tarde, dijo que no lo habías hecho y... —suspira—, es una larga historia.

—Está bien, vamos.

Corremos a la oficina de papá y empezamos a revisar correo por correo, revista por revista, y hoja por hoja. Es temprano aún, y son tres cajas, así que tenemos tiempo de sobra para terminar con esto.

Me encuentro con antiguas fotos, cartas y un sobre de la universidad de Yale, las iniciales J.W están plasmadas en él. A lo mejor se le olvidó a mamá guardar este sobre en el archivador de la familia. Esto suena muy privado para abrir y a ver qué narra una carta de Yale. No considero que sea la gran cosa, sólo es una carta… papel… sacado de un árbol…

—¿Jeremy, qué traes en las manos? —escondo el sobre detrás de mí, aunque creo que ya es súper tarde, porque Austin se está acercando—. No me ocultes nada, Jeremy.

—¡Por amor a Dios, es… es… la carta de aceptación de Jeremiah, Austin! —él abre los ojos, sorprendido, me quita el sobre y decide abrirlo. Lo lee detenidamente y, al hacerlo, se le pone la piel de gallina.

—Pienso que deberías leerla por tu cuenta. Apenas leí más que tu nombre —Austin me mira, angustiado.

Me acerco a Austin, le quito la carta de las manos y la leo en silencio:

Oficina de Admisiones
Universidad de Yale
New Haven, CT 06520
Estimado Jeremy Benjamín Walker,
Nos complace informarle que ha sido seleccionado para recibir una beca deportiva completa en la Universidad de Yale. Su destacada trayectoria académica y atlética no ha pasado desapercibida, y estamos emocionados de darle la bienvenida a nuestra comunidad universitaria.

—¿Qué dice la carta, Jerry? —miro a Austin determinadamente.

Me quedo boquiabierto al terminar de leer la carta. Esto no puede ser posible, por el amor a Dios. ¡No, no, no!, debe haber un error en absoluto... creo que no, pensándolo bien... sí me merezco esta beca a pesar de que muchos piensen que no. Hice mi mayor esfuerzo estos últimos meses para ganármela en las competencias nacionales de la escuela e incluso hice pasar mi antiguo equipo a las preliminares de este mes, si no me equivoco se celebran a finales de mes.

—¡Ya dime, Jeremy! ¿Qué decía la carta? —pregunta Austin nuevamente.

Voy a la puerta y la cierro. Enciendo las luces, y me acerco a Austin. Le entrego el sobre con la carta. Lo lee rápidamente, sus ojos se abren de par en par. Hasta maldice. Al susurrar me pregunta:

—¿Estás seguro de que no se equivocaron de gemelo?

—Austin, no —le quito la carta de sus manos y la escondo en el bolsillo de mi pantalón—, sé que me la gané con mucho esfuerzo, era de esperarse, pero con Jeremiah alrededor... era imposible preguntarse en vez de hacerlo, dudaba de mis habilidades.

Austin se pone su camiseta y se limpia el sudor extra de la frente, extra porque empezó a sudar frío. Se nota algo nervioso, preocupado y sin saber qué hacer. Por mi lado, estoy pensando en romper la carta. Si Austin me pide que le dé la oportunidad a Jere de ir a Yale con mi nombre, lo consideraré. No necesito esa beca; sé que puedo acceder a otras oportunidades, si fui capaz de entrar a Yale, ahora me imagino ingresando a Harvard o quizás a Stanford o irme a Alemania a estudiar.

—No deberíamos contarle a Jere —indica Austin al sentarse en sobre una pila de periódicos.

—Si deseas, puedo dejar que Jere vaya sin ningún problema a Yale —trago saliva al mirarlo a los ojos—. Créeme, soy capaz de entrar a cualquier universidad.

—Benjamín —Austin nunca me llama por mi segundo nombre, es raro que lo haga—. No es fácil rechazar una oportunidad de inmediato, te puedes arrepentir a los días, meses, años e incluso décadas —añade al tocarme el hombro—: Para de menospreciarte por Jeremiah. Ambos están por su cuenta, y no puedes pensar en él todo el tiempo sin antes pensar en ti mismo.

—¿Entonces, qué le decimos?

—¿Decirme qué? —nos percatamos de que Jere está parado en la puerta, recién levantado y sin su calcetín izquierdo.

Espero que Austin le diga algo para terminar este tema, por nada en el mundo Jeremiah debe saber sobre esto.

—Que vamos a la feria del pueblo, ¿no, Jeremy? —le sigo la corriente a Austin:

—Sabemos que te vas a Yale —me río entre dientes—, ¡queremos llevarte ya que te gusta mucho la feria!

—Dan vergüenza ajena.

—Iré a darme una ducha y nos iremos directamente a la feria, ¡no tardo! —comenta Austin.

Salgo de la oficina de papá, voy corriendo a mi habitación. Busco mi mochila en la esquina del armario, saco un cuaderno y escondo el sobre dentro de este. Esto no lo debe saber Jeremiah ni mis padres. No quiero preocuparlos... por ahora.

Capítulo 7:

Bajamos del auto de Austin y caminamos hasta la entrada de la feria. Durante todo el trayecto, estuve pensando en la beca que me ofrecieron. ¿Qué pudo haber pasado? La única explicación que se me ocurre es que, al recibir la carta, mamá, al ver las iniciales en el sobre, pensó que era para Jeremiah. "J.W." Ambos compartimos las mismas iniciales, por lo que sería una falta de respeto e imprudencia no revisar a quién estaba dirigida la carta. No sé, me siento traicionado, porque mi madre considera a Jeremiah para premios deportivos, aunque es un desastre en el deporte.

Las cartas de becas universitarias suelen llegar por correo electrónico, es raro que manden algo por correspondencia. Además, si gané la beca... ¿por qué el entrenador Rossi no me ha dicho nada? Normalmente, los entrenadores son los primeros en enterarse y avisar de esas cosas...

Recuerdo el último día que estuve en la piscina de la escuela, recogiendo mis cosas de las gradas. Veía a la mayoría de los chicos reunidos en una esquina con el entrenador, conversando; emocionados por algo.

Ahora que lo pienso, supongo que todos estaban celebrando porque los habían aceptado en Yale. Ese día no me importaba su celebración; lo único en lo que pensaba era en que tuve que dejar el equipo por culpa de Jeremiah.

—¡Jerry, Jerry! ¡Jerry! —escucho la voz de Jeremiah. Me despierto de mi trance, me percato de que estamos en la fila de la entrada para verificar los boletos.

—¿Estás bien, Jeremy? —Austin me susurra al oído. Le hago caso omiso y me dirijo a la feria, mientras él sigue preguntando cosas al azar—: Jeremy, ¿te dejan entrar con barba a la escuela?

No puedo pasar por alto que Austin podría estar preocupado por el sobre que escondí. Incluso en el auto, Austin estuvo en silencio durante todo el trayecto, algo inusual comparado cuando viajamos solos.... en esos momentos, el ambiente es diferente: solemos cantar a todo pulmón *Barbie Girl* o nos escapamos a lugares prohibidos. En una de esas escapadas, casi perdemos a Jeremiah cuando, de manera imprudente, se lanzó al otro lado del lago, lejos de donde estábamos nosotros.

—Jeremy, ¿estás bien? —pregunta Jeremiah.

—Sí, estoy bien... ¿por qué? Es la segunda vez que me lo preguntan. ¿Ustedes están bien?

—Estamos más que bien —interviene Austin—. Oye, no manejé media hora para caminar por toda la feria. ¡Hagamos algo juntos como hermanos, por favor! —comenta, sentándose en una banca.

Jeremiah se sienta a su lado y comenta:

—Si quieres, podemos unirnos a una batalla de *airsoft* —añade al revisar la hora en su reloj de muñeca—. Supongo que empieza en unos quince minutos. ¿Compro los boletos?

A continuación, Austin se levanta de la banca, saca su billetera del bolsillo trasero de sus vaqueros y le entrega un billete de cincuenta a Jere. Él sale corriendo mientras nosotros lo seguimos;

primero vamos por unas malteadas. Llegamos a la fila, y siento que Austin no puede rehusarse a hablar, ya que percibo sus intenciones.

—No puedo evitar tocar el tema —lo presentía, que no podía dejar morir el tema sin antes concluirlo—, me siento mal por ustedes. Ojalá ambos pudieran ir a la misma universidad con la misma oportunidad.

—Bueno, no te sientas tan mal —respondo al tomar mi malteada. Austin no duda en indagar:

—¿Vas a aprovechar la oportunidad? —seguimos caminando, dirigiendo la mirada hacia Jere, que está en la fila del local de la batalla de *airsoft*. Antes de acercarnos a él, continuamos con nuestra conversación:

—He estado pensando en ello todo el camino, e incluso seguiré haciéndolo durante el resto de la semana. Necesito tiempo para reflexionar —suspiro—, sin embargo, no quiero pensar en eso ahora.

—Sabes que sería ilegal si Jeremiah acepta ir a Yale con tu nombre, ¿verdad?

—¿Quién se daría cuenta? —me echo a reír; no obstante, la expresión del rostro de Austin me hace borrar la sonrisa de inmediato. Austin se cruza de brazos.

—Es un tema serio, Benjamín —otra vez me llama por mi segundo nombre, de verdad está hablando en serio—. ¿Si no entras a ninguna otra universidad... qué harás? ¿Le entregas la beca a Jeremiah, y te quedas sin hacer nada? Por cómo es mamá, te obligará a trabajar. No es lo que quiero para ti..., te aconsejo que... Hables con papá, Jeremy, porque...

Siento que Austin es el menos indicado para tocar este tema, es más ni siquiera lo debe mencionar debido a que él dejó la universidad a medias. ¿Por qué se quiere meter en mis asuntos? Ya estoy cansado de que siempre piensen en Jeremiah, ahora que tengo una única oportunidad de brillar, Austin me quiere bajar del escenario.

—Siento que eres el menos indicado con quien debo hablar sobre esto —Austin frunce el ceño, sin dudar responde:

—¿Por qué lo dices? —el tono de voz de Austin cambia de arisco a gélido—. ¿Porque me salí de la universidad? ¿Me estás contradiciendo con esa excusa?

—¡No, no!, no quise decir eso —aunque sí lo pensé—. Está bien, sí es lo que quise decir... Ni siquiera me has dicho por qué razón te saliste de la universidad —nos interrumpe la llamada de Jere por teléfono. Desde donde está, nos avisa que entremos.

—Me salí por el mismo motivo que bajé mis notas en la secundaria —suspira—. Entré en una carrera que mamá me obligó —Austin da por terminada nuestra conversación. Me pasa por alto y va donde Jeremiah. Corro detrás de él, tratando de hablarle. Sé que estuvo mal lo que dije. No debí decirle eso.

—Lo siento, Austin —me paro frente a él. Austin mira por encima de mi hombro hacia Jere, me toma de la oreja, me lleva detrás de los baños portátiles y me reprende:

—¿No puedes ser menos disimulado? —se rasca la cabeza—, trato de aconsejarte y lo único que haces es tirarme en cara que no soy el indicado para hablar sobre la vida universitaria. Pienses lo que pienses... la universidad no se basa en seguir un orden, sino en cumplir una meta, la cual puede que no encuentres en la primera carrera que escojas.

—Austin...

—Me notificas cuando ya te hayas decidido —Austin me obliga a caminar—. No quiero saber nada del tema hasta que lo hayas resuelto —ordena Austin al dejarme parado, cruzado de brazos en medio del camino.

—Austin... —lo llamo una vez más.

Austin acude a mi llamado, me mira de perfil y me hace caso omiso, pero no se detiene a decir:

—¡No te escucho, tengo orejas de pescados! —anuncia.

—¡Austin! ¡Madura! —grito.

—¡No te escucho! —anuncia una vez más, mostrándome su dedo medio como señal de enojo.

La noche ya está arruinada. Se me quitaron las ganas de jugar en la batalla de *airsoft* y mucho menos tengo ánimo para terminar mi malteada, la cual apenas sorbí un poco. Por otro lado, papá debe saber esto. Debo hallar la forma de contarle, sé que papá va a entenderme por completo; también, intuyo que no dormiré pensando en ello. No quiero que se preocupe por mí, puesto que es el único de mis padres que lo hace, a pesar de que la noche anterior haya dicho lo contrario.

Capítulo 8:

Son las cinco de la mañana y soy el primero en levantarme en casa. Ya tenemos las camas montadas; papá, Jere y yo ayudamos a Austin a armarlas después de volver de la feria, aprovechando que estaba aquí para tener más apoyo. Aun teniendo la cama, no me siento como en casa. Mi habitación sigue fría, y ya empiezo a dudar que sea por el ventilador... Me parece que son mis pensamientos rondando por las paredes lo que hace que mi cuarto se sienta tan helado.

Hay una teoría que dice que la habitación es tan personal que refleja el estado mental de la persona; el orden, el desorden, la decoración y el clima dentro. Si el frío es una señal de negatividad, no me quiero imaginar el infierno que viven los que tienen peores vidas que la mía.

Me levanto de la cama y voy al baño a ducharme. Después de eso, de parte del uniforme, nada más me pongo los pantalones y los calcetines, así para evitar ensuciarme, y preparar mi desayuno después para ir a contemplar el amanecer desde la terraza. Voy a la cocina con la antigua bata de papá puesta, saco de la nevera lo necesario. Mientras que preparo el huevo, me quedo observando su proceso por un rato hasta que escucho algunos pasos en la escalera. Asomo la cabeza y me percato de que es papá, quien se acaba de levantar.

—¿Eres Jeremy o Jeremiah? —pregunta papá, recién levantado. A papá, todas las mañanas se le nubla la vista; por eso le resulta difícil diferenciarnos a estas horas de la mañana.

—Soy Jeremy, papá —contesto al voltear el huevo en la sartén. Papá me mira confundido y opta por sentarse en un taburete frente a la isla de la cocina.

—¿Por qué te levantaste tan temprano? —aclara su garganta debido a que se levantó ronco—, ¿algo te sucede? Odias levantarte temprano...

Sé que he estado planeando decirle a papá sobre la beca, mas, esto parece más complicado de lo que pensaba. No es tan fácil como Austin lo plantea; para él, hablar con mis padres es sencillo, mientras que yo soy tan diferente a él... Además, esto suena tan serio que ya no sé qué hacer; el asunto se me está escapando de las manos.

—Nada... —contesto.

—¿Nada? Papá está aquí, Jerry —bosteza—. No soy tu madre. Vamos, cuéntame, ya me has contado cosas peores. ¿Qué puede pasar si me cuentas lo que tienes en mente? —se pregunta papá al levantarse del taburete e ir a la nevera por un vaso de leche.

Reviso la escalera para asegurarme de que nadie esté escondido en las barandillas, escuchando nuestra conversación. Luego, me regreso, le doy una palmada a papá en el hombro y caminamos hacia el patio trasero, donde está el jardín de tulipanes de mamá.

—¿Me prometes que no dirás nada? —papá abre los ojos del asombro.

—¿Eres gay? —frunzo el ceño y a la misma vez niego con la cabeza—, ¡Gracias Dios!, aún no estoy preparado para esa etapa, aunque tu clon me hace pensarlo... ¿De qué estamos hablando?

—¿Papá recuerdas... que... a Jere le ofrecieron una beca por sus estudios? —asiente—. En realidad, me la ofrecieron en vez de su lugar.

—¿Qué me estás diciendo, Jeremy? —Papá se dirige a una silla. Lo sigo y me siento a su lado.

—Como lo escuchaste —papá me ordena que siga hablando—: Encontré una carta con mis iniciales y no dudé en abrirla... y estaba la respuesta, me ofrecieron una beca por haber participado en el antiguo club de natación.

—¿Cómo que tus iniciales? Si tu clon y tú comparten las mismas, no entiendo.

—Abrí la carta, la leí...

—Dios, debí leerla antes de guardarla y comentarle a tu madre de que Jeremiah iba a ingresar a unas de las mejores universidades del estado —de la nada golpea la mesa—, ¡qué torpe soy, por amor a Dios! —suspira—. ¿Austin lo sabe? Supongo que sí porque su enojo de ayer contigo, era notable... ¿Qué le hiciste que prefirió dormir en la habitación de invitados?

—Trató de aconsejarme y... le terminé diciendo que era el menos indicado para hacerlo —me tapo el rostro de la vergüenza.

Nos quedamos un rato en silencio, observando el sol salir con sus rayos alumbrando nuestros ojos. Es tan hermoso que olvidamos seguir con el tema hasta que Austin sale por la puerta corrediza de la sala. Saluda a papá dándole los buenos días; a mí me ignora por completo. En vez de despeinarme el cabello como muestra de cariño, prefiere sentarse junto a papá. Hablan sobre el duro trabajo de ayer, al montar la televisión de la sala; luego, Austin le comenta que beberá algo de café.

Al retirarse por completo, papá dice:

—Austin, Austin... no... está pasando por un buen momento, Jeremy —aclara—: Nada le está saliendo como lo planeó hace unos años. Debes entenderlo; te aseguro que si no estuvieras en la escuela, estarías en la misma situación en la que él está.

Decido cambiar de tema, siento que no es el tema indicado teniendo en cuenta que Austin está alrededor. Luego trataré de pedirle disculpa, sé que actué muy mal.

—Papá, ¿qué hago? —pregunto, preocupado, con la realidad alterada debido a que ni siquiera dormí bien.

—No me puedes preguntar eso, Jerry —me dice papá, agarrándome del hombro mientras habla—: Sólo te digo que... estás muy joven y tienes muchas oportunidades para empezar. Es momento de dejar de dudar; no puedes aferrarte a lo que dirán los demás si tu futuro está en juego —papá se levanta de la silla y, antes de retirarse, concluye—: No quiero que esto salga de nosotros. Hallaré la forma de comentarle a tu madre.

—De acuerdo... —toco mi bolsillo y recuerdo las hojas de solicitud para ingresar al club de natación. Entro a casa, me encuentro a papá bebiendo café con Austin a su lado. Le toco la espalda y le comento—: Papá, ingresaré al equipo de natación, ¿me puedes firmar esto por favor? ¡Ah, también a Jeremiah!

Austin se planta frente a nosotros con la taza en mano, despeinado y llevando el viejo pijama del abuelo, como siempre, presumiendo sus bíceps.

—No me dijiste nada sobre esto, Jerry. ¿Soy tan mal hermano mayor para que me tratas así? —sorbe un poco de su café—. Supongo que a partir de hoy serás así...

—Austin.... —papá interfiere:

—No quiero una disputa a esta hora de la mañana —papá me entrega las hojas y da unos pasos hacia la nevera, desde allí le dice a Austin—: Vamos al gimnasio como prometí, Austin.

—¿No puedo ir? —consulto.

—Necesito un tiempo a solas con Austin, aparte de que debes terminar de alistarse para ir a la escuela.

Los dejo solos en la cocina y me dirijo a mi habitación para terminar de alistarme. Bueno, al menos ya tengo un peso menos de encima. Hoy supongo que comienzan las prácticas de natación, así que debo empacar mi uniforme.

Abro mi gaveta y saco el uniforme. Sigue intacto, como la última vez que lo usé. Sólo espero que en este equipo me vaya bien; no me importará si Jeremiah decide salirse. Quiero enfocarme en esto durante este último año de secundaria, al menos en lo que queda de él. Deseo, por lo menos, tener un reconocimiento como los que vi en la habitación de Arnold.

Hablando de Arnold, yo debería ya estar listo; él pasará por nosotros para ir a la escuela. Por fin tengo a alguien con quien ir, porque me aburre escuchar los audiolibros de papá mientras nos lleva a la escuela. No son cualquier tipo de audiolibros; son biografías de personas exitosas y cómo convertirse en millonario en menos de un año... Papá ha estado escuchando un par de ese tipo de libros y, por lo que veo, no noto los resultados.

Escucho el claxon de un auto, me asomo por la ventana y veo que es Arnold, acaba de llegar. Tomo mi mochila y bajo corriendo a la planta baja. Allí me encuentro a Jeremiah, desayunando mientras escucha música.

—¿No vienes con nosotros? —le pregunto a Jere.

—Si me esperan... —pongo los ojos en blanco y salgo de casa. Me subo al asiento del copiloto y, ya sentado, le comento a Arnold:

—Tenemos que esperar a Jeremiah —Arnold se quita los anteojos, baja el volumen de la radio y pregunta:

—¿Qué está haciendo?

—Creo que se está cepillando los dientes —aclaro—: Se levantó tarde. —Arnold asiente y da por terminada la conversación. Mientras tanto, miro el cielo, las nubes y ese tono anaranjado que lo acompaña. La brisa fresca de la mañana nos envuelve mientras escuchamos canciones que combinan con el ambiente.

Capítulo 9:

Estas dos últimas horas de Química han sido las más largas de mi vida, aparte de que no estamos haciendo nada. Las horas van cada vez más lentas cuando levanto la vista para chequear el reloj de la pared, y el profesor ni siquiera nos está prestando atención, dado que está concentrado en leer y calificar los parciales que acabamos de hacer.

Le rezo a Dios que al menos saque una B- como calificación, ya que ni siquiera con los videos de YouTube pude entender el tema de los gases. Admito que soy malo en química; pero no tanto como para no saberme la tabla periódica. Dios mío, ha sido el parcial más estresante que alguna vez he hecho en mi vida. Esto me pasa por apuntar todo el material en mi libreta en vez de practicar... ¿por qué estoy pensando en esto? Debería alistarme para la práctica de natación.

Siento que he olvidado todas mis técnicas y prácticas. Me pregunto, ¿qué tan profunda es la piscina? ¿Tres metros? ¿Dos punto cinco? ¿O de largo tal vez... cincuenta metros? O menos, porque es una piscina escolar, quizás la usan los de penúltimo año para dar clases de natación. Me lo pregunto porque la piscina de mi escuela anterior era de dos metros de profundidad y veinticinco metros de largo; no era muy grande, aunque nadar allí me hacía feliz.

Recuerdo el primer entrenamiento donde Jeremiah casi se ahoga porque mintió en la prueba; de hecho, comentó que adoraba la natación y que en casa teníamos una gran piscina donde practicábamos trucos y hacíamos carreras de nado, cuando en realidad... no hacíamos nada de eso, más que llenar una piscina de tubos de plástico en el patio trasero de la casa. A duras penas, Jere se metía a bañarse.

Únicamente espero que esta vez sea todo diferente porque... quiero disfrutar mi juventud al máximo. Siento que todo se me escapa de las manos tan rápido que es preocupante. Ya no tengo una noción clara del tiempo desde la pandemia. No me siento de mi edad; aunque tengo los rasgos de alguien de mi generación, no me siento así, tampoco menor, ni mucho menos atrapado en el tiempo. Es decir, simplemente dejo que pase el tiempo como si nada estuviese pasando. Con apenas un parpadeo ya han pasado casi cinco años desde que no me apasiona algo; no me conformo con nada.

Antes solía decir que quisiera volver a tener nueve años, donde me sentía feliz la mayoría del tiempo. Ahora... siento que no quiero dejar de ser un adolescente que está a punto de cumplir los dieciocho, donde la vida te agarra de manera diferente y entras en una crisis de identidad y autenticidad. ¿Estoy empezando a entrar en esa crisis?

Miro a mi alrededor, a mis compañeros enfocados en sus mundos, veo el mural repleto de anuncios de universidades que ofrecen sus servicios, hojas para ser voluntarios en una granja en Chile y el calendario de cuenta regresiva para la graduación.

Doy un suspiro, y trato de ignorar el tema, debo hacer algo para estar distraído. Me enfoco en dibujar un rato hasta que Arnold me toca el hombro a señal de llamado:

—¿Estás bien, Jeremiah? —suspiro, otra vez.

—Soy Jeremy, Arnold.

—Disculpa —cambia de tema—: Te vi algo pensativo.

—No, estoy bien —me rasco la nuca—. Gracias por preguntar...

Concluimos nuestra conversación. Luego, mi compañero Iral se sienta a mi lado con una libreta y me pregunta:

—Oye, Jeremy, ¿cierto? —estrecha su mano al presentarse.

Al fin, alguien me reconoce.

—Sí, dime...

—¿A qué universidad irás? —lo miro con curiosidad—. Estoy recogiendo firmas para hacer un tour por las universidades del estado antes de que elijamos alguna. Ya sabes, para estar seguros de nuestras decisiones; la consejera Betty nos recomendó hacerlo.

—¿Betty? —asiente—. No sabía que se llamaba así —me mira al estar incómodo, así que decido responderle a su pregunta—: Iré a Yale.

—¡¿Yale?! —grita. Le hago la señal de silencio, con Jeremiah a unos metros de nosotros nos puede escuchar—. Bueno, ¿te apuntas?

—acedo.

Al comenzar a firmar, una sensación de... confusión me invade.... algo que no sé cómo explicar. Es un golpe de realidad; salí de un trance donde no era raro escuchar sobre la universidad y los caminos de la vida hasta que un extraño te lo menciona en voz alta.

Ni siquiera me he preparado tanto como Jeremiah para afirmar que estudiar una carrera lo es todo para mí, cuando en realidad hay otras cosas por hacer en la vida. Lastimosamente, hay que pasar por allí para ser reconocido ante la sociedad.

—Jeremy, ¿estás bien? —me pregunta Jere al darme unas palmadas en la espalda.

Muevo la cabeza a señal de negación. ¿Qué me está pasando?

—Creo que tiene una crisis de ansiedad —Arnold le comenta a Jeremiah. Arnold le pide permiso al profesor para llevarme a la enfermería—. Debemos ir con la enfermera.

—No creo que sea necesario —aclaro al cruzarme de brazos.

—Entonces, vamos al baño a echarte algo de agua —Arnold me levanta de mi asiento, le pregunta a Jere—: ¿Vas con nosotros?

—Claro, es mi hermano, me preocupa —aclara Jere.

Llegamos al baño, donde Arnold me moja el rostro con agua y me seca con un paño. Al terminar, le agradezco y me miro al espejo, dándome cuenta de que Jere está detrás de mí. Lo abrazo; al tenerlo en mis brazos, siento sus latidos y su respiración en mi nuca. Este es un abrazo tan necesario, que lo necesitaba. No puedo seguir pensando en el futuro cuando ni siquiera tengo mi presente asegurado.

—Jeremy, ya llevamos más de dos minutos así —se aclara la garganta—. Me puedes soltar.

Dejo de abrazar a Jere, me calmo un poco y salimos del baño. Caminamos hacia el jardín, donde buscamos una banca y nos sentamos en ella, a excepción de Cox, que se queda recostado en la pared con una pierna apoyada. Desde ahí nos comenta:

—Ojalá fuese así de cercano con mi hermano... Nos llevamos cuatro años de diferencia —miramos fijamente a Arnold por un momento, hasta que se siente incómodo y nos dice—: Iré por algo de comer, los dejo a solas.

En tanto que Arnold va a la cafetería, Jeremiah saca mentas de su estuche y me ofrece una, lo cual rechazo, después me pregunta:

—¿Qué te paso, Jeremy? ¿Cuál... fue el motivo de tu ansiedad? —pregunta Jere al mirarme directamente a los ojos al mismo tiempo que tiene su mano derecha sobre mi espalda.

¿Cómo le explico? Ni siquiera estoy seguro de lo que me acaba de suceder, es la primera vez que experimento una crisis de este tipo. Por lo tanto, supongo que ocurrió porque me hablaron sobre la vida universitaria... ya estoy algo cansado de repetir o escuchar la misma palabra y sus variantes. Quiero dejar de romantizar este tipo de maltrato humano.

—Creo fue porque estuve muy estresado por mi calificación en el parcial de química —miento.

—Me estás mintiendo, Jeremy —se aclara la garganta—, es raro que pienses en tus notas...

¿Qué pretende decir? ¿Que soy alguien que va por la vida sin tomar en cuenta sus estudios? Dios mío, es típico escuchar esto de parte de Jeremiah, aunque... ¿no tiene límites?

—¡¿Qué carajos, Jeremiah?! —me levanto de la banca, indignado, le doy la espalda y miro sin un punto fijo—. Eres tan desconsiderado. ¿Sabes por qué tuve la crisis...? —siento que no es el momento ni el lugar adecuado.

Jeremiah continúa hablándome:

—¿Por cuál razón? ¿Qué eres un descarado y te copiaste frente a todos? Por suerte el profesor no se dio cuenta.

¿De qué está hablando este? En ningún momento me copié... bueno, sí, sólo eché un vistazo a la página de Jonathan. Es más, también lo pillé copiándose, y fue considerado de mi parte no decirle que lo vi haciéndolo.

—¿En serio te vas a poner en ese plan? —inquiero sin darme la vuelta.

—Trato de decirte la verdad, eres un miserable... —me giro sin dudarlo y le golpeo el rostro con mi puño. A Jeremiah se le salen las lágrimas por el dolor.

Le reclamo:

—¿Qué te pasa, Jeremiah? ¡Tú también lo hiciste! Sabes que es un dolor de cabeza aplicar todas esas fórmulas sin equivocarse en un decimal.

Jeremiah no me responde al respecto; veo que está sangrando mucho. Trato de limpiarlo, pero se niega a que lo toque. Me doy cuenta de que le he quebrado la nariz, o al menos una parte de ella, aunque no estoy seguro; es tan confuso con toda esa sangre chorreando.

—¡Jeremiah! —grita nuestra consejera, quien viene corriendo a chequearlo. Nos indica que vayamos a la enfermería—. ¿Qué le pasó a Jeremiah, Jeremy? —No tengo ni idea de qué contestarle.

—Lo golpeé, profesora Betty —la profesora me lanza una mirada asesina al verme de perfil. Nos indica que iremos a la dirección después de llevar a Jere a la enfermería.

Llegamos a la dirección, donde me sientan en unas bancas más incómodas que los asientos plásticos de los autobuses escolares. Han pasado más de media hora y aún sigo esperando a que la profesora Betty llegue con Jere.

Me siento arrepentido de haberlo golpeado, pero siento que la reacción del momento fue la que me incitó a golpearlo sin consentimiento alguno. Antes, nos peleábamos como boxeadores profesionales; a excepción de los golpes que dejaban moretones, esta vez sí le salió sangre.

Al fin llegan y veo a Jere usando algodones en los orificios de su nariz. Se sienta a unos metros de mí, pasándome por alto por completo. La consejera Betty pasa delante de nosotros y entra a la oficina del director; desde allí nos pregunta:

—¿Nombre completo de su acudiente?

—Mamá y papá están trabajando —me comenta Jere sin dirigirme la mirada.

La única alternativa que tenemos ahora es llamar a Austin, a pesar de que apuesto a que nos va a reprender antes que nuestro padre.

—Austin —suspiro, haciendo una pausa entre palabras mientras miro al techo—, Austin Walker.

A la media hora, llega Austin, alterado y atareado. Nuestra consejera nos invita a pasar al despacho del director. Entramos y nos sentamos; Austin, por su parte, decide mantenerse de pie.

—¿Usted es...?

—Soy el hermano mayor.

—¿Nos pueden dar un momento a solas, por favor? —pide la consejera. Austin nos da la llave de su auto para esperarlo allí.

Camino detrás de Jere. Al salir de la dirección, me percato de que el equipo de natación se dirige a la piscina, incluyendo a Arnold, quien me hace una señal de "llámame". Lo ignoro y decido seguir derecho hacia el auto de Austin.

Entramos al auto por la parte trasera, donde Jere comienza a golpearme. Intento esquivar sus puños, pero me da un puñetazo en la mejilla.

—Esto es por golpearme.

—Te lo buscaste, Jere —digo al sacar mi termo de agua y ponérmelo en el rostro para aliviar el dolor.

—¿Ah, sí? ¡Qué excusa! —escuchamos un golpe contra la ventana; es Austin quien ordena abrir el auto. Se sube, azota la puerta y apaga la radio.

—¡No quiero escuchar ninguna sola palabra al respecto!

—¡Ay, Por favor! ¡Jeremy me golpeó primero! —frunzo el ceño.

Austin se gira para vernos en los asientos traseros, histérico, nos reprende:

—¿No puedes callarte, Jeremiah? —da un suspiro—. No sé qué le diré a mamá y a papá; es el primer memorando que se ganan. ¡Jerry, no pudiste controlarte y esperar a llegar a casa para golpearlo? —intento decirle algo, mas, él me pasa por alto y decide poner las manos en el volante para manejar.

Miro a Jere de reojo y me percato de que él está haciendo lo mismo. Ambos cambiamos la dirección de nuestras miradas hacia la ventana de cada uno. Al salir de la escuela, puedo ver desde donde estoy a los chicos practicando en la piscina. Noto que la piscina es tan grande como la imaginaba; si es así de amplia, me pregunto cuán profunda será.

Como un ataque de ansiedad me causó esto, de perder por completo la primera práctica del equipo, ¿qué dirá el profesor Miguel sobre mí? ¿Qué pensarán los demás? Supongo que nada porque sigo siendo el novato con el gemelo impertinente, a quien no le importa nada el tema del deporte. Si tan sólo supiese que no se ganó la beca, se bajaría de esa nube cuyo propósito es hacerlo ver como un ingenuo día tras día.

Sigo creyendo que Jeremiah es la falla de una versión alterna de mí; mejor dicho, es una falla de mi sistema que creó un clon de todas las cosas que odio de mí. ¿Qué puedo decir? Soy el mayor de los dos.

Bajamos del auto de Austin y entramos a casa. Nos encontramos con nuestros padres reunidos, sentados en el sofá de la sala, con tazas de té en las manos y la tetera en la mesa del centro. Hay un silencio ruidoso entre nosotros; ya que se escucha el sonido de nuestros pasos y el sorbo de mi papá. Los ignoramos y nos dirigimos a la escalera.

—¡Jeremy y Jeremiah Walker vengan acá! —grita papá desde el pasillo.

Vamos de inmediato. Al asomarnos en la entrada, vemos a mamá de espaldas, mirando los cuadros. Odio cuando nos regaña; en lugar de aprender la lección, salimos peor de lo que entramos. Al final, discutimos y nos echamos nuestras verdades en la cara.

—¿Por qué el director Darwin tuvo que llamarme desde la oficina? —inquiere mamá al sentarse en el sofá—. Es normal que se peleen, aunque es raro que se golpeen en la escuela. ¿Qué les pasó, chicos?

—¡Mamá, Jeremy empezó! —grita Jere.

—¡Es mentira, mamá! —aclaro, señalándolo—: Él me llamó miserable por haberme fijado en la hoja de mi compañero. ¡Qué descaro! ¡Él fue más descarado copiándose! —mamá nos ignora.

—¿Jeremiah, por qué le dijiste eso a Jerry? —me mira—. ¿Jeremy, por qué no lo ignoraste? Si no fuera por ti, nada de esto habría pasado.

—¿Por mí? ¿Ah, tenía que aguantarle el mal genio a tu hijo favorito? —me alejo unos pasos de la sala y respiro hondo. Desde aquí le digo—: ¿Por qué no admites que tienes un hijo favorito? Es tan obvio. En ofertas, oportunidades... ¡Sólo piensas en él! ¡Sólo en él! ¡Eres una interesada! ¡Todo porque Jere es supuestamente más inteligente que yo!

—¡Benjamín, no me levantes la voz! —ordena mamá—, estoy tratando de resolver este problema.

En ese momento Austin llega a la sala, nos pide que salgamos. A continuación, Austin cierra la puerta de la sala y trata de calmar a nuestros padres. Nos acercamos a la puerta, y pegamos las orejas para escuchar lo que hablarán.

No se entiende nada, apenas se escuchan murmullos, hasta que finalmente se distingue una frase:

«Es mejor que los cambien de grupo para evitar este tipo de peleas; me lo recomendó el director de la escuela», por lo que distingo las voces, es la de Austin. Austin acabó de decir eso.

Nos miramos el uno al otro al despegarnos de la puerta. Si es así que nos van a cambiar, sería la primera vez en la vida que tendré mi espacio personal de Jeremiah. Ya no tendría que compartir amigos; no habría más confusión entre nosotros e, inclusive, ya no tendría que soportar la comparación que nos hacen los profesores.

Será lo mejor para mí si así será.

Voy corriendo a mi habitación, entro en ella y me quito los zapatos y el bléiser. Me quedo en uniforme para tumbarme en la cama. Al encender el aire, entra Jeremiah. Trata de hablar conmigo, pero le hago la vista gorda y me volteo hacia la pared para no verlo ni escucharlo. Me quedo dormido con el sonido de los pájaros fuera de la ventana.

—¡Jeremy! —trato de abrir los ojos; la luz está apagada y me doy cuenta de que Austin está sentado en la cama de Jere, frente a mí. Aunque estoy acostado con los ojos entreabiertos, Austin me pregunta—: ¿Quieres ir por algo de comida? —asiento.

—¿Mamá no preparó la cena? —pregunto. Austin niega con la cabeza y comenta que mamá tuvo que llevar a Jere a la clínica para chequearlo. Se levanta de la cama de Jere y, antes de irse, le hago una pregunta más—: ¿Adónde iremos? Me debo cambiar...

—No es necesario, sólo busca alguna chaqueta —aclara al irse y cerrar la puerta.

Me levanto de la cama, enciendo la luz y me miro al espejo. Noto que me hacía falta dormir; hace unas horas me sentía algo cansado... y no era por el cansancio físico, sino mental. Tener una familia donde las preferencias son notorias es algo agotador.

No sientes ese apoyo emocional por ninguna parte, tratas de hallar amor por doquier y lo único que encuentras son más razones para apartarte de la familia. A medida que más brillo tienes, menos valor te dan. El único lugar seguro que tengo está fuera de mi casa, y lo llamo hogar porque es donde me siento cómodo. Es la playa, una casa abandonada donde me siento en el tejado a observar el atardecer mientras escucho el sonido de las ballenas y las olas llegando a la orilla.

Sé que suena muy típico escuchar esto, pero es algo que me gusta. Incluso si debo manejar unos cuarenta kilómetros hasta Jennings Beach, mientras manejo, escucho música de los 2000; me distraigo por completo y me desconecto de mi familia. Sin embargo, lo único malo es que antes usaba el auto de Austin. Ahora es tan difícil salir de casa, debido a que no tengo un auto.

Y con esta certidumbre que tengo a mi alrededor, es más seguro que le compren un auto a Jeremiah antes que a mí, pese a que no sabe manejar ni siquiera un auto automático.

—¿Jeremy, estás listo? —pregunta Austin detrás de la puerta.

—¡Sí, ya voy! —contesto al gritar. Me echo algo de perfume, me aplico spray en el cabello y salgo corriendo al auto de Austin. Él todavía no ha llegado a la cochera.

Así que aprovecho, me subo a su auto y me siento en el asiento del conductor. Se me vienen a la cabeza mis recuerdos de cuando Austin se iba a su práctica de fútbol y me dejaba su auto. Cuando lo encendía, pisaba el acelerador con una ventana abierta mientras la brisa salada despeinaba mi cabello. Los rayos de sol se reflejaban en los retrovisores a la misma vez que hacían brillar mis ojos. Las canciones de la radio me transportaban a mis memorias de la infancia, con el anhelo de ser joven para siempre, sin preocupaciones, a pesar de que tuviese el mundo encima.

—¿Qué haces, Jerry? —inquiere Austin al asomarse por la ventana del copiloto.

—Nada... —respondo al bajarme del auto.

—¿No te gustaría manejar?

—Sí, claro.

Capítulo 10:

Después de media hora discutiendo qué lugar elegir para cenar, Austin finalmente se pone de acuerdo y se le ocurre la idea de ir a la playa para observar cómo se oscurece el cielo mientras comemos comida de la gasolinera más cercana. Tuve que manejar media hora, pero por fin estamos aquí.

Corremos hacia la playa, tiramos la bolsa de comida en la arena y vamos a la orilla del mar, mojándonos los pies mientras observamos los últimos rayos de sol. La brisa trae consigo frescura y tranquilidad. El cielo se tiñe de un tono azul oscuro, con nubes grises azuladas a su alrededor, y al fondo, las montañas adquieren un color negro.

Decidimos sentarnos al lado de un tronco, con la brisa aún presente en nuestros cabellos. Me siento abrazando mis rodillas, mientras observo a Austin, quien opta por acostarse en la arena. Permanecemos un rato en silencio; este silencio es el que me gusta compartir con Austin, donde no tenemos la necesidad de hablar, sino de vivir el momento. Es el único de mi familia con quien puedo compartir un momento familiar de esta manera.

Austin se sienta y me entrega mi caja de comida. Empiezo a comer, mientras él se queda con las ganas, ya que dice que no tiene hambre. Apuesto a que le pasa algo; es raro que deje pasar la oportunidad de comer pollo apanado.

—¿Te pasa algo? —pregunto al detenerme de comer. Austin me mira por un tiempo determinado, suspira y quita la mirada, dirigiéndola al mar, donde las olas vienen y van.

—No estoy bien, Jeremy —continúa, todavía con la mirada fija en el mar—. Es la primera vez en mi vida que me siento un bueno para nada, a pesar de que soy independiente...

¿Acaso esta será la primera vez que Austin me hablará sobre sus miedos? Me pregunto, porque es raro para mí escuchar que no está bien, después de verlo como alguien fuerte que no tiene defectos. Aun así, Austin es el hermano mayor que no tiene a nadie con quien desahogar sus penas; en cambio, nosotros lo tenemos a él, aunque Jeremiah no aprecie eso. Debo ponerme en su lugar y ser un hombro en el que pueda apoyarse y hablar.

Me acerco un poco a él, le sobo la espalda hasta que decido soltar lo que tengo y lo abrazo lo más fuerte que puedo. La reacción de Austin es partirse a llanto sobre mi hombro. Le susurro que todo estará bien.

—¿Qué te sucede, Austin? —inquiero al dejarlo de abrazar.

—No lo sé —vuelve a acostarse—, estoy en un modo donde ya nada tiene sentido. No se siente lo mismo hacer lo que hacía día tras día; mis ganas han desaparecido y lo único que... hace mi mente... es hundirme cada vez más en el océano de pesadillas que tengo. —Me quedo en silencio, dejo que continúe hablando—: En casa, me quedo en cama la mayoría del tiempo haciendo nada; me pregunto por qué...

No tengo ni idea de cómo reaccionar ante este tipo de conversaciones; solamente pensar que podría estar en la misma situación me vuela la cabeza, porque lo que necesita Austin es escuchar una palabra de aliento, y palabras no son lo que me sobra en este instante.

—¿Todo esto es por la universidad? —me rasco la nuca por la incomodidad.

—No todo gira alrededor de las universidades, Jerry —da un suspiro—. ¿Crees que son más importantes los estudios frente a una situación de salud mental?

—En el caso de mamá... sí —observo el cielo oscuro y el sol que está por irse.

—Ahí está el problema, mamá es un problema —me quita la mirada.

Recuerdo la conversación de hace unos días en la feria, donde él era el menos indicado para hablar sobre estos temas, y lo que me recomendó papá esta mañana: «*Nada le está saliendo como lo planeó hace unos años. Debes comprenderlo; te aseguro que si no estuvieras en la escuela, estarías en su misma situación*». Puede que sea verdad; si estuviese en sus zapatos... Austin no me dejaría solo ningún segundo, inclusive si no tiene qué decir o si está enojado, de todas formas permanecería a mi lado.

¿Qué podría decirle? Apenas tengo 17 años y no sé nada absoluto de la vida. También estoy por entrar en una crisis ahora que falta menos para cumplir 18, a pesar de que puede comenzar en cualquier momento, sin importar qué.

—¿Te quieres desahogar conmigo, Austin?

—No creo que sea el momento indicado.

—¿Por qué no lo es? —se encoge de hombros hasta que responde:

—Siento que es un sentimiento que no puedo explicar o expresar, está ahí, sin más —Austin empieza a dibujar en la arena con una rama—. Creo que... Es nostalgia. Y siento que los años seguirán pasando sin importar qué, ojalá hubiera algún modo de saber que estás en los buenos viejos tiempos, antes de que los dejes atrás.

¿Cuándo aceptaré que todo llega a su fin y que nada vuelve a ser como era antes? —se echa a reír.

—¿Es por eso que estás así?

—No, no es por eso —Austin al pararse y tirar una piedra al agua, aclara mi duda—: Es por la añoranza, por volver a ser un niño, donde no me obligaban a ser perfecto hasta que un día mamá cambió de la nada, pretendiendo al hacerme lucir como alguien intelectual cuando la realidad era otra. ¿Crees que no me afectó en mi salud mental su perfeccionismo?

—Sí, bueno... le está afectando a Jeremiah, aunque no se da cuenta —agrego—. A mí sólo me molesta el favoritismo que mamá tiene entre nosotros... es notorio que su hijo favorito es...

—Jeremiah —dice Austin a la vez que camina hacia el agua.

Decido seguirlo y le pregunto:

—¿Por qué? —me mira de reojo mientras observo cómo las olas llegan a mis pies y se retiran hacia la orilla—. ¿Por qué tiene que hacerlo tan evidente?

—¿Qué esperas hacer, Jeremy? ¿Quieres que cambie? —Austin me observa de perfil—. No puedes forzar un cambio en alguien así... Lo único que puedes hacer es encontrar la manera de escapar de ese entorno, porque personas como esas no aprenden a valorar a los demás hasta que, eventualmente, se encuentran en un momento de necesidad y no saben a quién acudir por su mala actitud.

La luna por fin sale, y su esplendor hace que el mar brille. Me quedo en silencio, observando el paisaje; por un momento, pienso en lo que me dijo Austin. Lo único que deseo es sentir un amor materno con el cual pueda sentirme cómodo, alguien a quien abrazar en las noches cuando sobrepienso, pero... me tocó una madre que también fue dañada psicológicamente.

Ojalá se dé cuenta y termine con ese patrón que pasa de generación en generación; de lo contrario, el patrón terminará con nosotros. Entiendo perfectamente que también es su primera vez viviendo la vida, mas, ¿qué culpa tenemos nosotros de su pasado? ¿Acaso no nota el daño que nos hace y que se hace a sí misma, aunque lo niegue?

No quiero imaginar que, dentro de unos años, me mantendré distante de ella si no cambia su manera de ser. ¿Para qué tener personas negativas en tu entorno si no te permiten avanzar? Por más miedos e inseguridades que tengan las personas... ¿por qué hacer que los demás sufran por eso? ¿No pueden simplemente guardarlos en sus cabezas?

—Es cierto lo que dices —suspiro—, a pesar de que el abuelo haya muerto... sigue siendo la misma —aclaro—: Y lo digo porque la mayoría cambia después de la muerte de un ser querido.

—¿Puedes creer que todo este tema surgió porque le rompiste la nariz a Jere? —nos echamos a reír—. Aún debería estar enojado contigo, Jerry —Austin me despeina el cabello y me pide que encienda el auto porque regresaremos a casa.

Antes de subirme y encender el auto, me tomo el tiempo de revisar los mensajes de texto. Veo desde la barra de notificaciones que Arnold me ha enviado un mensaje, invitándome a una fiesta en su calle.

Sería muy tedioso ir a una fiesta en semana de escuela, ¿no? Mañana tengo otra prueba final, la cual ni siquiera he estudiado por todo lo que ha pasado... Aunque la prueba es en la antepenúltima clase, así que, según mis cálculos, tendré algo de tiempo para estudiar temprano por la mañana.

Después de que Austin me dejó en casa, me di prisa para ducharme y ponerme la mejor ropa que pude encontrar. Ahora estoy en el auto del padre de Arnold, en la cajuela para ser exactos, ya que vinimos muchos con él, y estamos a punto de hacer explotar el auto por el peso que está cargando en este momento.

Que no explote, por favor. Prácticamente me escapé de casa, considerando que mis padres aún no habían llegado cuando quise irme, y creo que no les importa si me fui o no. Igual, me vale lo que piensen de mí.

Esta será mi primera fiesta. Estoy tan nervioso que no he parado de imaginar cómo será. Aunque dudo que sea por la calle de Arnold, dado que lleva más de veinte minutos manejando.

«¿Estamos llegando, Arnold?» pregunta alguien gritando detrás de mí. Cox le contesta que no falta mucho.

Si no fuera mi primera fiesta, juraría que no me hubiera montado en el auto desde el primer momento en que vi el montón de personas acumuladas en los asientos traseros. Y lo estoy considerando; la mayoría de las veces ocurre una desgracia o vamos al centro de detención por veinticuatro horas. Ojalá que esta sea la excepción.

Llegamos a la fiesta, donde Cox estaciona el auto donde sea. Se abren las puertas y la cajuela del Vitara, y todos salen como una manada de monos en busca de la única banana de la selva. Me bajo del auto y veo que la mayoría está en la entrada, esperando para entrar. Me quedo esperando a que Arnold termine de revisar todo en el auto; se baja y me da una sonrisa de oreja a oreja.

—Pensé que no me ibas a esperar —comenta—. Por suerte, la mayoría de los chicos se regresan en Uber a la vuelta; el carro de papá ya no aguanta más.

—Sí, por suerte... Arnold... —atiende a mi llamado—, sabes que me regresaré contigo, ¿no? —asiente, señalando que sí sabe.

—Bueno... ¿entramos?

Caminamos hasta la entrada y esperamos a que nos dejen pasar. Mientras tanto, le hago un halago a Cox por su cabello ondulado, rojizo y brillante, que aún sigue peinado. Me sorprende que todavía esté intacto después de la brisa ocasionada por la aceleración del auto.

Este se sonroja e incluso me dice un cumplido:

—¿Sabes? Te ves bien con barba, déjatela —me tocó el rostro rápidamente. ¡Se me ha olvidado afeitarme!

Paso por alto eso y le agradezco a Arnold. Entramos a la casa donde es la fiesta; las luces son moradas y rojas por completo, y hay personas mayores que nosotros bailando y bebiendo licor al mismo tiempo. Nosotros, por nuestra parte, decidimos subir al segundo piso, donde se encuentran la mayoría jugando billar y haciendo apuestas mientras beben el tanque de *root beer*.

Encontramos un sofá y nos sentamos en él. Lo primero que me ofrecen al tomar asiento es una *root beer*. No me puedo negar a beber algo tan dulce, pero al menos no contiene alcohol, así que no me queda de otra que aceptarla. Por otra parte, los chicos ya se están pasando de cervezas y eso que mañana tenemos clases.

Los otros que estaban sentados en el sofá se van, dejándonos solos. Un silencio ruidoso se forma entre Cox y yo, nos miramos forzados mutuamente. Para ser mi primera fiesta en mi lecho de la adolescencia, es una basura comparada con las que me comentaba y a las que llegaba Austin borracho. Es más, ni siquiera tenemos música... el único ruido que se escucha son los cantos de las personas borrachas en la primera planta.

—Oye, Jeremy —volteo a ver a Cox—, ¿por qué no fuiste a la práctica de hoy? El profesor Miguel preguntó por ti, e incluso por Jere.

No puedo decirle que le quebré la nariz a Jere, ni mucho menos que casi me suspenden o que... me van a cambiar de salón por el mismo motivo.

—Me sentía mal.

—¿También Jeremiah? —alza una ceja al preguntar.

—Sí, la telepatía.

Terminamos la conversación, y ese molesto silencio ruidoso vuelve a formarse entre nosotros. Ya estoy acostumbrado, porque los compañeros de clase no hacen más que hablar sobre la escuela o lo que conlleva. Por ejemplo: el equipo de natación. ¿Y de dónde es? ¡De la escuela! Es obvio que no podemos tener una conversación más allá de los estudios.

Cox decide romper el silencio al moverse hacia donde estoy y pregunta:

—¿Qué me dices de ti? Sería un gusto conocerte a profundidad.

—¿Qué te podría decir? —agrego, echándome a reír—. Soy de poco hablar. No suelo compartir mucho con los demás.

—¿Es por algo? ¿Soy muy irritante, verdad? —niego con la cabeza.

—No es nada personal, sólo es una mala costumbre —le aclaro, desviando la mirada.

Entonces me centro en un grupo de chicas que acaban de llegar a la sala. Las observo hasta que una de ellas me llama la atención. Al mirarla con más detalle, mi corazón comienza a latir más rápido, me sonrojo, y su sola presencia, a unos pocos pies de distancia, me pone nervioso.

Me quedo impactado ante tanta belleza: rubia natural, piel blanca, alta. Ese vestido con estampado de flores la hace lucir aún más hermosa. Dios, no puedo creer que sea real. Está de espaldas, pero se da vuelta, me mira de perfil y me lanza una sonrisa de oreja a oreja.

Intento saludarla con la mano; estoy tan emocionado que no logro moverla como quisiera. En lugar de levantarla, la mantengo cubierta con la otra. Cox nota mi flechazo y, de broma, me alienta a pedirle su número. Le hago caso, me levanto del sofá y me dirijo hacia ella. Trato de decir "Hola"; sin embargo, al intentarlo, me muerdo la lengua y me quedo parado como un tonto.

—¿Por qué sudas? ¿Estás bien? —pregunta la chica al girarse hacia mí.

—Ah... —me quedo corto de palabras.

—¿No prefieres ir a algún lugar más privado? —asiento al mirarla, con brillos en mis ojos.

Dios, ¿de dónde sacaste a esta mujer? La mayoría me habría ignorado o, tal vez, me habría tirado un vaso de agua encima, pero ella... es totalmente diferente.

A continuación, la chica deja a sus amigas en una esquina, me agarra del brazo y me saca de la fiesta, dejando a Cox solo en la sala, quien, antes de irme, me felicita desde lejos guiñándome el ojo. Afuera, caminamos sin rumbo alguno. Por el camino, veo las gaviotas volar cerca del muelle repleto de luces. Mientras seguimos caminando, me pregunta mi nombre; antes de que pueda responderle, ella se presenta y dice que se llama Olivia.

—Encantado, Jeremy —me presento.

—¡Encantada! —responde al estar nerviosa.

Aparte de ser hermosa, tiene un aroma perdurable de una fragancia que pienso es cara, me sorprende que tenga un nombre tan simple y, a la vez, bonito de pronunciar.

Olivia me hace detener en un parque y comienza a correr en el camino de piedra. La atrapo abrazándola por la cintura; luego, decidimos mecernos en los columpios mientras reímos. Iniciamos una carrera: quien se columpie más alto hasta llegar a la luna, gana.

Terminamos la carrera al lanzarnos en la caja de arena. Caemos y nos reímos a carcajadas de nosotros mismos. Volteamos a ver la luna y las estrellas; en eso, Olivia me enseña la constelación de la Osa Mayor con una app de su teléfono. Al no escuchar el sonido de las risas, se forma el silencio ruidoso e incómodo que tanto odio entre nosotros. Por suerte, Olivia sabe llevar el control al tocarme el hombro. Me giro para verla, y ella me pregunta:

—¿Jeremiah, no? —me río entre dientes y le comento:

—Mmm, no, Jeremiah es el nombre de mi hermano gemelo, yo... soy... Jeremy, recuerda —ordeno.

—¡Tienes un gemelo!, lo siento, es que ambos nombres son tan similares y es algo confuso —aclara al momento de sentarse y abrazar sus rodillas. Me quedo tumbado en la arena para observar su hermosura. Olivia sigue la conversación—: ¿Sabes? Es raro conocer a alguien que tenga un gemelo. ¡Qué casualidad que dije el nombre de tu hermano sin saberlo! —se echa a reír.

—No es casualidad, es cosa del destino para que no pienses que te engaño.

—¿Engañarme? —pregunta—: ¿De qué forma?

—No lo sé, lo que hay entre nosotros.

—Eres tan seguro de ti mismo —comenta, volteando los ojos sarcásticamente.

—Sí, lo sé.

Ojalá pudiera confirmar eso, pero la verdad es que no, nunca ha sido así. Soy el chico inseguro que duda hasta de su forma de caminar, ¿ahora seré seguro de mí mismo?

Olivia se tumba en la arena, con la mirada fija en mí, observándome con sus preciosos ojos azules. Ella me sonríe y nos quedamos mirándonos mutuamente. ¿Por qué siento que ya la he conocido antes? No me siento incómodo al hablar con ella; simplemente, todo fluye de manera directa.

—¿Quién eres, Jeremy?

Me quedo pensando en la pregunta, tal vez quiso saber más de mí, a pesar de que no encontró la forma correcta de hacerlo.

Aclaro mi garganta antes de responder, listo para presumirme:

—Soy un estudiante, un chico de casa, y me gusta ir al gimnasio por las tardes... —no termino la oración, me quedo en silencio porque esto empieza a sentirse raro. Intento retomar la conversación, cuando la bocina del auto de Cox suena, obligándome a dejar a Olivia sola.

—Debo irme.

—Fue un gusto conocerte, Jeremy.

Voy corriendo al auto, que por cierto está vacío. Me subo y me siento en el asiento del copiloto. Miro la hora en mi reloj de pulsera y me doy cuenta de que es la una de la mañana. Apenas estuve quince minutos hablando con ella, aunque en realidad fueron más que eso, ¡no puedo creer que haya pasado una hora desde que salí de la fiesta!

Reviso mis mensajes; no hay ninguno. Le comento a Cox que tendré que quedarme en su casa, ya que no quiero buscarme problemas con mamá. Me mataría si llego a casa oliendo a licor y a tabaco, pese a no haber fumado ni bebido.

—Haremos una pijamada... —nos echamos a reír.

—Estás muy borracho, Cox.

Ya acostado con el pijama prestado de Arnold, me quedo despierto en su cama, al otro lado, con sus pies junto a mi cabeza, pensando en Olivia. En su perfume, en sus ojos, en todo sobre ella. Fue tan rápido, pero también extraño, que alguien me hiciera caso desde el principio. No creo que le haya gustado; ni siquiera me dio su número de teléfono.

¿Esto acaso será amor verdadero? Me está empezando a gustar, y eso que ni siquiera la conozco bien. Si es así, sería la primera vez que una persona realmente me tenga enamorado.

—¿Aún sigues despierto? —pregunta Cox desde su rincón de la cama.

Se percibe que está pasado de copas; su aliento huele a vodka. Observando la luna por la ventana, le contesto:

—Sí, estoy despierto...

Arnold, recostado en su lado, me comenta:

—Creo que estoy pasado de alcohol —tose—, no debí beber.

—Se nota... —pongo mis brazos detrás de la cabeza y me mantengo con los ojos cerrados mientras él sigue hablando.

—Mezclé Coca-Cola *Zero* con vodka, fue el peor error que haya cometido —suspira—. ¿Por qué estás despierto?

Al escuchar su pregunta, me siento con las rodillas abrazadas. Me percato de que Arnold está arropado de pies a cabeza, con los ojos abiertos mirando en un punto ciego.

—Pensando en una chica —suspiro.

—¿Es de la escuela? —me quedo pensando en lo que dijo.

—Estamos en una escuela de varones —nos reímos a carcajadas. Tanto así que su hermano, desde la otra habitación, golpea la pared, avisándonos que nos callemos, puesto que está en vivo jugando algún videojuego. Nos quedamos callados; me vuelvo a acostar y Cox comienza a susurrar:

—No sé qué haré mañana, no estudié para el parcial.

—Yo tampoco —explico el motivo—: tengo problemas familiares. ¿Crees que tengo ganas de estudiar viviendo en un ambiente tan negativo?

Arnold, de repente, se levanta, se sienta y me mira fijamente.

—Debe ser algo difícil.

—Más de lo que piensas —añado—: ¿Puedes creer que haya preferencia, incluso teniendo a una persona idéntica a ti a tu lado? Donde sientes que no tienes familia y lo único que tienes es a tu hermano mayor, quien está peor que tú.

—¿Qué tan mal es?

—Más de lo que piensas. Pienso en huir cada día de ese lugar. Espero salir adelante sin la ayuda de mis padres, a pesar de que ni siquiera la estoy necesitando en estos momentos.

Capítulo 11

El cambio de salón fue un éxito, el asiento de Jeremiah se mantiene vacío, y mi mente se encuentra en paz al saber que no tendré que lidiar con él el resto de los meses del año escolar. Esta mañana juraba que sería yo quien lo cambiarían del grupo, pero no fue así. Por primera vez en la vida, obtengo algo que deseo, y esta vez es de celebrar.

No puedo decir que estoy celebrando, ya que ni siquiera logro terminar el parcial. La última parte es de completar espacios, y las dos primeras las rellené al azar. Sólo Dios y el profesor de física sabrán el desastre que hice. Debí practicar esta porquería, pero no tuve tiempo porque había más talleres y prácticas que hacer.

Me quedo mirando el ventilador del techo, observando cómo da vueltas mientras bloqueo el ruido de mis oídos y entro en un trance por ese mismo motivo. Hasta que escucho sonar la última campana del día y salgo de él.

Me levanto de mi asiento, corro hacia el escritorio del profesor y le entrego la hoja. Antes de que salgamos del salón, el profesor nos da un aviso:

—¡Jóvenes, recuerden que el lunes vienen los representantes de las universidades estatales! —bromea—. A ver si logran entrar a alguna con la poca materia gris que tienen.

Le hago caso omiso y me coloco en una esquina, esperando a que todos salgan, excepto Cox, que sigue en otra esquina recogiendo sus útiles. El profesor Elián, al pasar el borrador sobre el tablero, intenta captar mi atención:

—¡Walker! ¿Llenaste todo el parcial? —Niego con la cabeza.

Paso por alto el tema y decido cambiarlo:

—Si una universidad ya me aceptó y me ofreció una beca deportiva, ¿cree que debería buscar más opciones? —le pregunto al sentarme en una banca.

—Sí, siempre es bueno tener más opciones de las que uno imagina.

El profesor Elián me mira con curiosidad. Se queda pensando un momento, se sacude de su estado disociado y me pregunta con una ceja levantada:

—¿Eres Jeremy, cierto? —asiento—. Pensé que la beca se la había ganado Jeremiah. ¿Qué pasó con eso? ¿Es todo una farsa?

Por el amor de Dios, se me olvidó que tenía que ocultarlo hasta que... hasta que... ya no recuerdo por qué guardaba esto. Bueno, al final, el secreto tenía que salir a la luz.

El profesor decide ignorarme, toma su mochila y, antes de salir del salón, me comenta:

—Hablaré con tu consejera. La escuela no puede transmitir notas a una institución de alguien que ni siquiera entrará en la lista de espera.

No debí haber hablado, debí quedarme callado, pero no me quiero aferrar a un solo camino cuando tengo muchos más por descubrir y explorar. En ocasiones el camino correcto, no siempre es el más fácil de atravesar. Si me pongo a analizar, sería más factible encontrar universidades que me ofrezcan becas por mis notas en vez por estar en un deporte. Aunque ni siquiera debería estar seguro de ello cuando soy un estudiante promedio.

Arnold y yo nos dirigimos al gimnasio. Al llegar, todos los chicos se dirigen a los vestidores, incluyendo a Jeremiah, que está de último en la fila. Al entrar, me ve de reojo y me pasa por delante sin decir una palabra.

Llevo más de veinte horas sin dirigirle la palabra. Esta mañana, cuando llegué a casa, fui lo más sigiloso posible para que mi familia no se diera cuenta de que no dormí en casa. Es algo iluso pensar que no se dieron cuenta de mi ausencia; a lo mejor, pensaron que dormí en el departamento de Austin.

Cuánto quisiera que el tiempo pasara lo más rápido posible, porque siento que estoy estancado en este infierno del que no encuentro salida. Ya ni siquiera quiero regresar a casa, si es que puedo llamar 'casa' al lugar donde vivo, ya que… No sé, siento que me faltan más de mil palabras para expresar lo que tengo en mente.

Quiero que pase el tiempo, pero no quiero dejar de ser joven por simplemente apartarme de las personas en las que supuestamente puedo confiar. Dicen que, si no te sientes cómodo en un lugar, sólo debes tomar tus cosas e irte lejos. Pero, ¿qué haces cuando no tienes a dónde ir? ¿Cómo se supone que sigues adelante cuando no hay un camino que te lleve a un destino final? Otros coinciden en que no es el lugar, sino las personas que te rodean, y en esa teoría soy cien por ciento creyente.

A través de los años he visto a las demás familias, son simplemente perfectas; creo que no lo son, apuesto que también tienen sus altos y bajos como cualquier otra familia. ¿Qué pecado estoy pagando para haber merecido este castigo de tener esta familia? Sé que esto suena agotador hablar del mismo tema, mas, es algo que vivo a diario, a mí también me tiene exhausto que he perdido la cuenta de cuántas veces he pensado sobre esto.

—¡Chicos, en diez minutos en las piscinas, por favor! —avisa el profesor Miguel al entrar al vestidor y, antes de retirarse, añade—: Iré a cambiarme. Arnold, te encargas del calentamiento.

—De acuerdo —responde Cox. Ya listo, se me acerca y me ofrece bloqueador solar—. ¿Te sientes bien?

Al cerrar mi casillero, le contesto:

—Estoy bien, sólo un poco cansado por lo de ayer —miento, sé que no lo estoy—. ¿Para qué el bloqueador? ¿No estamos en un lugar techado? —Cox asiente.

—De todas maneras, los rayos de sol traspasan.

Los chicos corren hacia la piscina mientras yo me siento en una banca para aplicarme bloqueador. Guardo la botella en mi mochila y me dirijo a la piscina. Me doy cuenta de que están nadando lentamente, acostumbrándose a la temperatura del agua. Sin dudarlo, me lanzo de un clavado. Al entrar, noto que es tan profunda como lo supuse, por lo que rápidamente trato de llegar a la superficie para evitar ahogarme.

Llego y me acerco al solárium; de golpe, me recuesto en él. Casi sin aliento, me cubro la cara con las manos para recuperar energías. Estaba convencido de que podía manejar la profundidad de la piscina, pero confié demasiado en mis habilidades pasadas.

Me levanto del suelo del solárium y me quedo observando a mi alrededor, dado que todos siguen en sus asuntos, a excepción de Cox, que se acerca a mí y pregunta si estoy bien. Al instante, le doy una respuesta rápida, regreso al vestidor y me siento en la misma banca a reflexionar.

Contemplo mi reflejo en el espejo de un casillero abierto durante un tiempo determinado. Me siento incómodo al usar este *jammer* que ni siquiera me queda bien porque no es mi color favorito. Estoy en perfectas condiciones, no entiendo qué me pasa... Deben ser los nervios por ser mi primer día. No creo que sea por más nada...

Antes solía ser bueno en esto; quiero decir, sigo siendo bueno. Un error es sólo uno más de los que comete un profesional; no estaba en el gran campeonato para exagerar esto... Lo único que debo hacer es mantener la calma.

Salgo del vestidor y, antes de llegar a la piscina, el profesor Miguel me detiene en la entrada y me ordena que hablemos. Él se para en una esquina y, por mi parte, me vuelvo a sentar en la banca.

—Me diste un susto, Jeremy.

—Lo siento, es la primera vez que me pasa esto... —suspiro—. Esto rara vez pasa, profesor Miguel.

—No me refería al calentamiento, sino a tu salud —se aclara la garganta—. ¿Estás seguro de que puedes seguir en el equipo?

—Claro... —respondo a la vez que tomo agua de mi botella.

Esta es la pregunta más absurda que alguna vez haya escuchado en mi vida, es obvio que puedo seguir en el equipo, ¿sólo por tirarme de un clavado a la piscina? Es algo que le puede pasar a cualquiera, todavía no estoy acostumbrado a la profundidad de la piscina, soy nuevo aquí, por amor a Dios...

—¿Entonces qué te sucede? Mira, no te estoy menospreciando... ¿sabes? —agrega al sentarse a mi lado—: Es normal que esto suceda; las cosas no siempre salen como las planeas.

—Sí, lo sé, es por eso que no volverá a suceder. —Nos quedamos en silencio hasta que digo—: No me haga sentir como un tonto.

—No te subestimes; apuesto a que tuviste tiempo sin practicar, es normal —me mira directamente a los ojos—. ¿Todo bien en casa? Si algo te pasa, no lo pases por alto... los deportistas nunca piensan en sus problemas cuando están en juego... —decido callarlo:

—Es ansiedad, eso es; ya es la segunda vez que me sucede —trato de levantarme e irme; él me impide hacerlo.

—Puedes hablar conmigo si lo deseas.

Me lo quedo viendo por un momento, quito la mirada y observo el suelo sin ningún punto en específico. Pienso por un instante.

Austin me ha aconsejado desde mi primer día de escuela que jamás, ¡jamás!, bajo ninguna circunstancia, revele mis problemas personales a los profesores o a la institución. Según él, algún día podrían usarlo en mi contra de una forma que ni siquiera imaginaría. Y yo le creo. Estas personas sólo estarán en mi vida por unos años, pero podrían destrozarla en un instante, mientras ellos siguen con la suya como si nada. Lo que a mí me llevará años reparar, ellos lo olvidarán en cuestión de segundos.

—No, simplemente no puedo… ¿podemos ya empezar la práctica?

El profesor Miguel asiente de inmediato. Al llegar al área donde están las piscinas, con su silbato nos indica que nos sentemos en las gradas. Nos empieza a explicar su plan de objetivos con nosotros, señalando que los principiantes irán en las piscinas menos profundas, serán los que harán horas laborales y los avanzados aparte de lo mencionado; participarán en las competencias de los próximos meses.

Con lo que acabó de pasar, no creo que me incluya en su plan, ya ni siquiera sé si soy bueno en esto, ¿por qué estoy de esta manera? ¿Qué me pasa?

—¿Crees que te incluya en el plan? —Cox me pregunta, y automáticamente, niego con la cabeza.

Paso por alto a Cox y sigo escuchando al profesor Miguel. Él nos notifica que haremos una primera competencia en la piscina grande para saber quién es el más rápido de todos. Rápidamente, cada uno de nosotros se pone en los bloques de salida; miro mis pies y me percato del número nueve en la numeración del carril. ¿Acaso es suerte?

Antes de iniciar, nos dice las indicaciones: Un minuto para la ida y vuelta, y tomar el pañuelo de color rojo que hay en cada pared de llegada. Por segunda vez escuchamos su silbato, y nos tiramos en el agua. A medida que avanzo por la piscina, respiro para no perder el ritmo.

Cada tres brazadas, giro la cabeza, tomo aire y la vuelvo a sumergir. Exhalo rápido, dejando que las burbujas se escapen mientras sigo nadando. Respirar por ambos lados me mantiene equilibrado y a buen ritmo. No puedo perder ni un segundo con cada respiración si deseo tomar el pañuelo antes que nadie.

Completo la ida, ahora nado más rápido para completar la vuelta. Llego al bloque de salida, salgo del agua; me percato de que soy el primero en llegar.

Entrego el pañuelo, y el profesor Miguel me comenta que he demorado 32 segundos en nadar, un récord más que excelente para ser una práctica. Me siento en el suelo y tomo un descanso; mientras lo hago, me percato de que Jeremiah ni siquiera ha avanzado la mitad de la ida. Era de esperarse, típico de él.

El segundo en llegar es Arnold, quien demoró 44 segundos, y de seguido vienen los demás. Mientras todos comienzan a hablar sobre la vuelta, los ignoro y espero pacientemente a que Jeremiah termine de llegar. Por más técnicas que use, con ninguna mejora su velocidad.

—Jeremiah Walker demoró 1:48 en llegar —comenta el profesor al anotar en su libreta. Jere, sin pensarlo, tira sus gafas al suelo y se sienta, estresado y cansado.

—¿Suele hacer berrinches? —pregunta Cox al sentarse a mi lado.

—Nada más cuando no hace algo bien.

Escuchamos el sonido del silbato por tercera vez:

—Hemos terminado, muchachos —tose—. Felicidades a quienes llegaron antes del minuto, en especial a Walker —mira de reojo a Jeremiah—. Al especializado, Jeremy. ¡Chicos, nos vemos la próxima semana!

Nos dirigimos al vestidor. Mientras caminamos, Arnold me comenta que irá a comer pizza a la pizzería de la esquina y me pregunta si deseo ir con él. Sin dudar ni un segundo, le contesto que sí. Estoy tan feliz por haber ganado la primera práctica; juraba que iba a hundirme.

Al entrar al vestidor, todos me alagan, e incluso uno de mis compañeros me comenta que el profesor le indicó que me entregara la chaqueta del equipo. Sin hesitar, la desempaco de su empaque. La abro frente a todos; es una chaqueta blanca con la bandera en una esquina y la insignia de la escuela en la otra.

—Esto parece tan irreal —me echo a reír.

—¡Chicos, dúchense rápido, muero de hambre! —comenta Iral al salir de la ducha.

Nos echamos a reír, al mismo tiempo que doy una mirada a Jere, que está en su casillero sin mover la vista. Me acerco a donde está y me pongo a su lado.

—Oye, Jere... —me rasco la quijada—, disculpa por lo que pasó ayer. —Es él quien debería estar en mi lugar, pero bueno... ¿qué puedo hacer si él ni siquiera lo hará?

—No te preocupes, fue mi error —suspira sin dirigirme la mirada—. Disculpa también.

—¿No quieres ir con nosotros?

—No, debo ir a la casa de mi compañero a hacer un trabajo, además, estoy cansado —aclara al cerrar su casillero. Sin ducharse, toma su mochila y se la pone, indicando que está por irse—. Nos vemos en casa.

Veo cómo sale del vestidor, mojado, dejando huellas de sus pasos. Por más que quiera arreglar las cosas con él, no quiere acceder a nada. Es raro que mi propio reflejo esté en mi contra.

—¿Resolviste algo con tu hermano? —inquiere Cox al secarse con la toalla, dejándose al descubierto. Inmediatamente miro para otro lado; se me había olvidado que estoy en una ducha abierta.

—Puedo decir que sí, pero seguimos igual, o peor.

Concluyo la conversación y me dirijo a ducharme.

Entramos a la pizzería y nos sentamos en una mesa redonda al lado de la ventana. Los chicos se cuentan bromas entre ellos, presumen sus chaquetas y se toman fotos con ellas puestas mientras los observo. Arnold llega después de estacionar su auto y se sienta a mi lado, comentando que se muere de hambre.

Por un momento, nos quedamos en silencio observando a las meseras. Ramírez e Iral se hacen bromas entre ellos y apuestan cincuenta dólares cada uno al que consiga el número de alguna. Es evidente que les falta algo de amor femenino, pero prefiero no opinar.

Los chicos, incluyéndome, sacamos nuestras billeteras y ponemos los cincuenta dólares sobre la mesa. Iral apuesta el doble a que Arnold ni siquiera se atreverá a hablarle a alguna. Llega una mesera y la mayoría se queda sin palabras. Ella nos pregunta qué deseamos para comer; nadie se atreve a hablar, hasta que Cox, a la defensiva, toma la palabra:

—¿Puedes darnos 6 pizzas variadas, por favor? —La mesera asiente. Cuando se retira de nuestra mesa, la observamos detenidamente; su uniforme rosado pastel la hace parecer como una mesera de los años 50.

—¿Eso era lo difícil? —pregunto. Nos echamos a reír. De repente, uno de mis compañeros cambia el tema de conversación:

—Jeremy, nos ganaste en la carrera de hoy, ¿de qué están fabricados tus pulmones?

Me encojo de hombros sarcásticamente y, riendo entre dientes, contesto:

—De lo mismo que los tuyos, sangre y carne.

—¡Hermano, lo hiciste excelente…! ¿Podrías practicar conmigo? Necesito mucha práctica —me sonrojo al escuchar eso.

—Sí, claro.

—¿Qué van a querer de beber? —nos pregunta otra mesera.

Levanto la vista y me percato de que es Olivia. De día se ve más hermosa que de noche. Esos sentimientos de ayer empiezan a recorrer mi cuerpo nuevamente, siento mariposas en mi estómago. Comienzo a sudar, me quedo sin palabras por los nervios. Cox me saca de mi trance al darme un pequeño golpe con su codo.

—¿Jeremy...? —reacciono y le pregunto qué pasa—. ¿Qué vas a querer de beber? —miro a mi alrededor; todos mantienen la mirada sobre mí.

—*Root beer*, sin azúcar si es posible —Olivia anota en su libreta. Al terminar, me pregunta:

—¿Es tu soda favorita? —asiento, dándole una sonrisa de oreja a oreja.

Olivia al retirarse, los chicos me molestan, a excepción de Arnold, que me alaba diciendo que me veo guapo hasta para conquistar a cualquiera.

—Al parecer, nadie se ganará los trescientos dólares —comentó Iral. Cox dice:

—Iral, ¿te parece bien si invitamos a Jeremy al campamento de este año? —agrega—. ¡Guau! ¡Será el último! —Cox abre los ojos de par en par, asombrado.

—Me parece más que bien; al final, alguien ocupará la cama vacía de la esquina.

—¿De qué campamento hablan? ¿Es de la escuela? —inquiero. Los muchachos se echan a reír, y Arnold responde a mi pregunta:

—No, es un campamento que organiza el papá de Iral —Iral asiente.

—Estaría más que bien. ¿Cuándo nos iríamos?

—Mayo —respondió Iral.

Concluimos la conversación porque acaban de llegar las meseras con las bandejas de pizza y las bebidas. Olivia me desea un buen provecho en italiano; le agradezco e inmediato empezamos a comer. Mejor dicho, a devorar, dado que estamos hambrientos.

Después de comer, nos retiramos de la mesa, dejando todo sucio pero en orden. Antes de irme, Olivia me llama. Me volteo y me percato de que está a punto de entregarme un pedazo de servilleta. Me lo da y se despide de mí con un beso en la mejilla. Me quedo tieso y opto por abrir la servilleta; noto que es su número de teléfono, anotado con un lápiz labial de color rojo. ¿Por qué, de la nada, todo me está saliendo bien? Parece una fantasía, pero es la realidad.

Arnold e Iral llegan a buscarme tomándome de los hombros. Iral se da cuenta de que he ganado la apuesta y presume de ello al tomar la servilleta para enseñársela a los chicos. Me alaban e incluso me agarran entre todos para sentarme en el asiento del copiloto. Hacen una fila y me pagan, uno por uno, los cincuenta dólares.

Llego a casa, cansado. Tiro mi mochila en el rincón donde está el perchero. Echo un vistazo a la casa, me percato de que no hay nadie. Entonces, tengo la casa sola. Me quito la ropa, quedándome en calcetines y bóxer, con la camisa de la escuela. Voy a la sala, empiezo a buscar un CD en la caja. Al reproducir el disco, bailo al ritmo de la música del altoparlante.

Me aburro, apago la música y voy directamente a mi habitación. Apago las luces, me tumbo en la cama mirando al techo. Desde aquí, miro a través de la ventana; apenas se está yendo el sol, dejando un cielo pintado de rojo con nubes negras. Los rayos del sol se filtran en mi habitación, exactamente en el suelo. Me quedo contemplando el paisaje hasta quedar dormido.

Capítulo 12:

Al día siguiente, me encuentro en el departamento de Austin, haciéndole compañía mientras revisa y desempolva su colección de gorras de béisbol en el armario de su habitación. Estoy en una esquina, sentado en su escritorio, decidiendo desde la computadora qué música poner en el altoparlante.

Vine a hacerle compañía a Austin porque hoy es sábado; eso significa que mis padres y Jeremiah estarán en casa todo el fin de semana. Para evitar dolores de cabeza, opté por quedarme aquí. Apenas llevo dos horas y siento una paz mental, a pesar de que Austin me ha obligado a ordenar y limpiar el departamento junto a él.

Ayer por la noche, después de mi siesta no pude evitar textearle a Olivia, pero lo raro es que ni siquiera ha visto el mensaje que le envié. Por eso, no paraba de revisar mi teléfono cada cinco segundos hasta quedarme nuevamente dormido. Quiero creer que, seguramente, sólo me ve como un amigo y no algo más, porque... ¿Por qué ilusionarse con alguien a quien apenas llevas dos días conociendo? Ni siquiera debería decir días si apenas fueron horas.

Es mejor pensar en nada, optar por concentrarme en elegir la canción y terminar de limpiar las zapatillas de Austin, ya que ni siquiera tengo deberes para el lunes.

—¿Cómo sigue Jeremiah con su nariz? —pregunta Austin, todavía revisando su armario.

—Está bien... —pienso—, se ve mucho mejor. Es más, ni siquiera le quebré la nariz, sólo lo golpeé. —Austin se echa a reír de mí.

—¿No es lo mismo?

—No. —Austin me pasa por alto y prosigue a bajarse de la escalera de mano.

Se sienta en su cama, en silencio, mientras se queda a pensar, mirando a un punto ciego. Lo observo por un momento; su mirada está caída, cansada, como si todo lo que hiciera lo realizara automáticamente. Apuesto a que, si no fuera por mi visita, toda la casa aún estaría desordenada. Esto ya me está asustando. He tratado de averiguar qué le sucede, pero es tan confuso entenderlo. No quiero pensar que está considerando quitarse la vida…

Me levanto de su escritorio y me dirijo a su cama. Me siento a su lado y le doy unas palmaditas en la espalda. Le pregunto:

—¿Estás bien? —Es obvio que no lo está, aunque cuenta la intención, ¿no?

—Sí, sí... estoy más que bien —responde al despertarse de su trance. Me mira y añade—: ¿Qué quieres de almorzar? ¿Quieres pizza?

—No, mucho gluten y grasa.

—Si deseas, hay arroz frito en la nevera; lo preparé ayer.

—Está bien, igualmente de algo hay que morir.

Vamos a la cocina. Austin calienta el arroz en el microondas, mientras yo observo las fotos que tiene colgadas en su pared como de decoración. Noto que tiene más fotos de mí y papá que de Jeremiah y mamá, ¡qué no se note el favoritismo!

Austin me llama a la mesa, nos sentamos uno frente al otro. Mientras comemos, él enciende el televisor para que haya algo de ruido; típico de él.

Al levantar la vista, me pregunta:

—¿Está bueno?

—Sí, claro, claro —me sorprende el sabor de su comida, que de verdad es bueno. Tanto así que digo—: ¿Por qué no estudias para ser chef? ¡Está delicioso!

—¿En serio? No lo creo —se cruza de brazos—. Más bien quiero ser pintor.

Miro de reojo la pintura del supuesto paisaje que Austin pintó hace unos días; se nota, dado que la pintura todavía se ve fresca. Aparte de estar exageradamente grande, está horrible.

Lo único que se me ocurre es apoyarlo, a pesar de que no le pone mucho profesionalismo. Sin embargo, se nota que le tiene cariño y pasión a lo que está empezando a gustarle. ¡Ey, nadie nació sabiendo! Puede mejorar con el tiempo, aunque, personalmente, preferiría que fuera chef. No puedo criticarlo, él no está bien y, como él mismo dice, cocinar es sólo un pasatiempo.

—Está bien, puedes mejorar con el tiempo —es lo más cercano a una crítica.

—¿Gracias...? Oye, ¿por qué tienes a papá silenciado? ¿Sabes que te ha estado llamando? —reviso mi teléfono, en la barra de notificaciones salen los mensajes de papá exigiéndome que fuera al campus de New Haven. Me pregunto por qué desea que asista si ya supuestamente entraré a Yale...

Ya sé a qué se aproxima el tema. Exhalo e inhalo, contesto:

—No quería ir a ningún lado con ellos, y mucho menos por mamá, ya... no... le tengo paciencia.

Austin termina de comer, deja su plato en una esquina, se limpia alrededor de su boca y responde:

—Yo tampoco, Jeremy, pero no puedo evitarla —se rasca la cabeza—. Puede que sí, en este caso... es tu futuro, ¿no? —susurra—: ¿Ya tienes pensado qué harás con la beca?

He estado tan ocupado que ni siquiera he pensado en ello. No tengo tiempo para preocuparme por un futuro que ni siquiera es cierto, esa beca definitivamente se la entregaré a papá, ya no quiero saber de ella. Asimismo, todo puede cambiar de la nada y... ¿Qué ganaría si se echa todo a perder? Jeremiah la necesita más que yo.

—No, ni siquiera sé dónde está el sobre —mi voz se quiebra al terminar de hablar, mientras juego con las sobras de mi comida usando el tenedor.

—Jeremy... —Austin es interrumpido por el timbre—. Voy a ver quién es, permiso.

—¿Quién es? —pregunto, levantándome de la mesa con los platos en las manos.

Desde la puerta, Austin me contesta:

—Tu novio —se echa a reír—. Es broma, dice que es un compañero de la escuela... ¿lo conoces? —veo la cabeza de Arnold asomándose por la puerta.

Entra por completo y me saluda. Qué vergüenza estar sin camisa y en pantalones cortos, mientras él viene tan elegante... Estábamos limpiando, no esperaba visitas. A parte, ¿quién le dio la dirección del departamento de Austin?

Ignoro la situación, voy rápidamente a mi habitación, busco una camiseta y me la pongo. Corro de vuelta a la sala para atender a Cox.

—¿Qué te trae por aquí, Cox? —inquiero, tirándome en el sofá.

—Iremos con Iral —responde, mirando de reojo a Austin, quien se retira con la excusa de que debe ordenar las sábanas—. ¿No te acuerdas de lo que te dije ayer? Incluso te mandé un mensaje de texto.

Saco mi teléfono y, disimulando, reviso la barra de notificaciones. Sí, me envió un mensaje de texto y una nota de voz, pero no recuerdo lo que me dijo ayer. De todas formas, no tengo idea de lo que quiere.

Cox, resignado, decide aclararlo:

—Iremos a una fiesta clandestina.

Desde su habitación, Austin grita:

—¡No vas a ningún lado! —maldigo en voz baja. Debo demostrar que tengo interés cuando en realidad no lo tengo—. Sin mí.

—¿Sí? ¿No se supone que íbamos al gimnasio?

Austin llega a la sala con la canasta de las sábanas, la tira sobre el sofá y, al terminar, dice:

—Mañana es mi día de descanso. Podríamos ir mañana en vez de hoy y tomar el descanso ahora. —Se rasca la nariz, bosteza y pregunta—: ¿Ya eres mayor de edad, Coz? ¿Cos? ¿Cox?

Arnold le queda viendo a Austin, levanta la ceja y, dejando pasar que pronunció mal su apellido, le responde:

—Sí... los cumplí a principios de este año. —Se aclara la garganta—. Y mi apellido se pronuncia Cox, con equis.

Interrumpo en su conversación:

—Oigan, iré a ducharme para irnos —Austin repite lo mismo que yo, va corriendo a su habitación mientras dejamos a Cox solo en la sala.

Llegamos a la fiesta, la segunda de la semana, por cierto. Estamos en un bosque lleno de pinos, cerca de un gran lago, con una fogata en medio. Para ser una fiesta clandestina, no hay muchas personas, unas diez, por lo que puedo calcular con mis ojos. Nos sentamos en un tronco frente a la fogata; al mismo tiempo, nos ofrecen cervezas. Me rehúso a tomarla; en mi lugar, lo hace Austin, quien la esconde en su chaqueta para disimular que está bebiendo en sinfonía.

Más aburrido no puedo estar; prefiero estar en casa que aquí. De repente, al voltearme, noto que llegan más personas en varios autos, con música en los altavoces y más neveras portátiles, supongo que llenas de cervezas.

Llega Iral donde estamos y nos saludamos entre sí. Me presenta a su prima; intenta darme un beso en la mejilla, pero me niego a recibirlo y le doy un abrazo en su lugar. ¡Qué raro! De inmediato le quito el interés encima; no quiero a nadie más que a Olivia, pues no es cualquiera chica, es la prima de Iral. ¿En qué problemas podría meterme si intento ligar con ella?

—¿No tienes *root beer* para Jeremy, Iral? —consulta Cox, aliviando la tensión entre nosotros. Iral asiente y se va de inmediato a buscarla junto a su prima.

—Gracias —le agradezco a Cox, despeinándolo. Él me sonríe de oreja a oreja.

—Oye, ¿te parece bien si vamos a caminar? —pregunta Cox.

Miro de inmediato a Austin; al parecer, no está sentado en el tronco. Lo busco con la vista y lo hallo hablando con un grupo de chicos de su edad. Le mando un mensaje notificándole que iré a caminar, y él me da permiso.

—De acuerdo, ¡lleva más cervezas de raíz de reserva!

Nos sentamos en un acantilado con una cascada que conecta con el lago, a unos metros de donde está la fiesta. Grito al ver a Austin desde aquí; Cox me recomienda que no lo intente, considerando que desde allá no escucha nada y aquí tampoco. Me doy por rendido y procedo a beber mi cerveza.

Siento que seguiré yendo a lugares desconocidos por Arnold, por el hecho de que rara vez salgo de la ciudad. Debo decir que es increíble estar en el bosque a estas horas de la noche. La luna se ve tan grande aquí como en la playa, y en el bosque se pueden ver luciérnagas volando entre los árboles, oír el canto de los búhos a unos metros y el sonido de la música a un costado.

Arnold se acuesta de lado en el suelo, usando como almohada sus brazos. Me lo quedo viendo y decido hacer lo mismo. Nos quedamos un rato en silencio. ¿Esto se siente tener una amistad? No lo sé, aunque siento que con todos del grupo del club de natación y los del salón, Arnold es el más cercano a mí, y un poco Iral. Los otros simplemente me dirigen la palabra por tareas o por temas sobre la natación. Con Cox es tan distinto; por el momento no ha tocado el tema de la escuela fuera de la misma. Siento una gran conexión amistosa con él.

—¿Jeremy?

—¿Sí? —volteo la mirada hacia él, observando el cielo repleto de estrellas.

—¿Te gusta alguien? —qué pregunta tan rara de su parte. ¿No es obvio que me gusta Olivia? Es notable de aquí a la otra galaxia.

—Olivia, me gusta, me está empezando a gustar a pesar de que solo la conozca desde hace dos días —me rasco la quijada—. Bueno, en realidad no lo sé... No me puedo enamorar de ella si apenas la conozco; fue amor a primera vista, ¿por qué?

—Creo que me está empezando a gustar alguien, pero no quiero arruinar nada —analizo lo que acaba de decir Arnold. ¿Quién será la persona afortunada?

—¿Por qué, a quién te refieres? ¿Es alguien de clase? —no debí decir "de clase" porque no hay más que varones—. Disculpa, no me acordaba de que estábamos en una escuela de chicos. ¿Es alguien de tu calle...?

—No, no, no —le empieza a temblar la voz—. Es alguien ya algo cercano a mí. Mejor sigo guardando el secreto; no me atrevo a decir nada...

De repente, escucho una voz aguda decir mi nombre. Me levanto del suelo y noto que es Olivia; voy corriendo hacia ella y la abrazo. Siento su perfume en el cuello y el dulce aroma de su cabello a fresas. Me quedo un rato abrazándola hasta que Cox se aclara la garganta, señalando que quiere atención.

—¡Oh, cierto! —agarro a Olivia de la mano y la llevo donde está Cox—. ¿Ya conoces a mi amigo Arnold? —le pregunto a Olivia, y esta asiente sin dudarlo.

—Jeremy, sólo estábamos tú y yo. ¿Podrías llevarte a Olivia? O, no sé, vete... —¿Arnold está celoso? Se nota que lo está por su tono de voz gélido. Su mirada se mantiene fija en la luna.

Trato de ignorarlo y le pregunto a Olivia:

—¿Cómo supiste que estaba aquí?

—Tu amigo Iral me dijo, está borracho, por cierto.

No le respondo nada a Olivia. Mi mirada se dirige hacia Arnold, quien aún mantiene su atención en la luna. Se da cuenta del silencio ruidoso que nos rodea y, por impulso, lo quiebra al decir:

—¿Por qué no te llevas a tu amada de aquí y... me dejas solo, Jeremy?

Sin darle vueltas al asunto, accedo a hacerlo y nos vamos corriendo hacia otro lado. No es posible que Arnold se esté involucrando en esto; está celoso, aunque apuesto a que no quiere admitirlo. ¿Por qué? Es normal que esté celoso, especialmente porque Olivia está presente. Entiendo su cambio de humor, pero no puedo perder una gran oportunidad con ella.

Quizás mañana se le pase, o en unas horas, si no lo llamo en la madrugada. No voy a permitir que por culpa de Olivia echemos a perder nuestra amistad. Después, no tendré a quién pedirle el borrador pues perdí el mío en casa.

Nos detenemos en una de las orillas del lago; al parecer, el suelo está arenoso, o mejor dicho, es de arena. Me resulta extraño ver una orilla de un lago repleta de arena, pero pasamos por alto ese detalle y nos sentamos en una piedra gigante. Nos quitamos los zapatos y nos acomodamos en la piedra para empezar a charlar.

—Oye... ¿por qué tu amigo me odia? —inquiere Olivia al mirarme de perfil.

—No te odia —trago saliva—, sólo debe estar celoso.

—Ojalá sea eso. Odio entrometerme en una relación de mejores amigos... —la miro extrañado. ¿Mejores amigos? Apenas somos amigos... Sería muy crudo, cruel e increíble decir que no somos mejores amigos, así que no lo haré; no quiero parecer un solitario sin vida social.

—No te preocupes... Nada pasará —cambio de tema—. ¿Por qué no me has contestado los mensajes? —Olivia se ríe con una risita.

—Estoy ocupada estudiando, Jeremy —se pasa el pelo detrás de las orejas—. Mi madre quiere que vaya a estudiar a Francia como siempre mi papá quiso, y te comento soy un cero a la izquierda en el francés.

—Te puedo ayudar en el francés, soy muy bueno en él —Olivia me mira con asombro, se le ilumina los ojos.

¿Por qué dije eso? Ni siquiera sé cómo se dice "árbol" en francés para presumir que soy un experto en el idioma, cuando en realidad no lo soy. ¡Además, ni siquiera doy francés en la escuela! Por si fuera poco, tampoco domino bien mi propio idioma.

—¿De verdad me ayudarías? —no tengo más opción que decir que sí.

—¿Sí? —Olivia me abraza tan fuerte que casi siento que se me salen las tripas.

Acabamos la conversación; Olivia, sin pensarlo mucho, me toma de la mano y la mantiene sobre mi pierna izquierda. Lo único que hago mientras contempla las estrellas es admirar su belleza.

Lo admito, lo confirmo y lo compruebo: me encanta estar con esta chica. Amo estos sentimientos que jamás pensé tener. Me siento tan bien que siento unas cosquillas, las cuales no puedo describir dónde están. Siento calor, así que me quito la camisa rosada de Austin y la dejo sobre la piedra.

—¡Me gusta tu perfume! —Huele mi pecho sin preguntarlo.

—Es de mi hermano... —me rasco la cabeza por la incomodidad. A continuación, le doy una respuesta breve—: Intuyo que es Gucci.

—Te ves bien sin camisa, ¿practicas algún deporte?

—Natación.

—Eres demasiado de guapo, Jeremy.

Sin previo aviso, se acerca a mis labios, me besa. ¿Qué se supone que haga ahora? ¿Me quedo quieto y dejo que me bese? ¡Guau, se siente tan bien! ¡Besa con pasión!

Simplemente, sigo sus movimientos, hasta que siento una tensión entre mis piernas. Hago que se detenga, me bajo de la piedra y me voy de puntillas a esconderme detrás de un árbol, nunca antes me habían visto de esta manera. Voy a esperar que se me pase, no quiero estar presente de esta forma.

—Jeremy, es normal, ven. —Acedo y salgo del árbol en puntillas. Intento sentarme nuevamente en la piedra. Olivia se acerca a mí, me jala del collar de perlitas e intenta quitarse su vestido. Antes de que lo haga, se lo impido.

—Todavía no estoy listo, Olivia —suspiro—. Soy virgen y no quiero dar el gran paso... aún.

—Está bien, no te preocupes. —Se avergüenza de sí misma al recoger sus sandalias. Me bajo de la piedra y me pregunto si está molesta. Le consulto:

—¿Te vas? —Olivia niega con la cabeza—. ¿Te sucede algo?

—No tengo ni idea —suspira—. Creo que las hormonas me quisieron ganar. ¡También soy virgen, Jeremy!

—Bueno... ¿Qué hacen dos santos fuera de la iglesia? —nos reímos a carcajadas, tan fuerte que se me pasó la tensión. Escucho con atención la risa de Olivia que quedo impactado con lo bella que se escucha.

Paramos de reír. Olivia se lo ocurre una idea, se quita su vestido y queda en ropa interior. Me tapo los ojos con la mano derecha, la miro de unos orificios que deja mi mano y me percato de que está a unos pies de mí bañándose en el lago.

—¿No está helada el agua para bañarse? —grito, al parecer esta no me escucha.

Me siento en la orilla, la observo dar vueltas al tener la mirada en el cielo cuando de la nada desaparece. Me levanto asustado, veo sus manos pidiendo ayuda. En un impulso me quito mis bermudas, quedo en calzoncillos, me meto al agua y nado lo más rápido posible. Llego donde estaba, no está allí. Voy al fondo, la poca luz no me deja ver con claridad. Cuando de repente siento su mano alrededor de mi pierna, voy donde está. La logro sacar del fondo, al llegar a la superficie se llega a escuchar la desesperación en su respiración, intento llegar a la orilla a pesar de que me estoy cansando por su peso y la adrenalina. Logro llegar ni idea de cómo, la tiro en la arena y me tumbo a su lado. Exhalo e inhalo, estoy tan cansado que soy inconsciente que estoy en ropa interior.

—Gracias por salvarme —me dice Olivia al sentarse. La miro de reojo y, sin titubear, le reprocho:

—¿Por qué lo hiciste? —le digo mientras me levanto del suelo, sin importarme que me vea en calzoncillos, con la espalda repleta de arena.

—¿Hacer qué? —levanta una ceja. Volteo los ojos.

—¡Nadar en un lago que no conoces!

—Tenía calor.

—¿Sabes el problema en que me podrías haber metido? —sigo diciéndole, esta vez sin levantar la voz—: ¿En qué pensabas? ¿Que por ser nadador podía cargar con tu peso? ¡Olivia, no podía controlar mi respiración, por amor a Dios! —Olivia se queda callada, sin saber qué decir. No quiero seguir discutiendo, así que tomo mis cosas y me alejo del lugar.

Llego donde está Austin, todavía con los chicos. Se levanta de su silla plegable y me pregunta:

—¿Qué haces en ropa interior?

—Es una larga historia. ¿Nos podemos ir?

Austin asiente. Minutos después, me encuentro en frente del baúl del auto de Arnold secándome con un paño, y luego busco algo de ropa en su mochila. Ya con ropa puesta, Cox se sienta en el asiento del conductor y me mira a través del retrovisor central:

—¿Por qué no estás con Olivia? —al ponerme los pantalones, le respondo indignado:

—Se metió a nadar en el lago sin conocerlo —me tumbo en los asientos traseros con las manos en la cabeza, y continúo—: Casi se ahoga, tuve que rescatarla antes de que fuera demasiado tarde. ¡El lago era muy profundo!

—Lo siento, fue mi culpa haberte traído aquí.

—No fue tu culpa, fue de ella.

Austin llega indignado, molesto, con el ceño fruncido. Se quita su Crocs del pie izquierdo y me lo arroja en la cabeza. Luego, me golpea en el brazo con su puño:

—¿En qué carajos estabas pensando, Benjamín? —se muerde el puño—. ¿Sabes en qué problemas podrías habermé metido? ¡Papá me mataría, pero mamá me torturaría hasta que me saliera sangre por los ojos!

—¡A esa señora no le importo, Austin! —Austin me lanza una mirada asesina.

—¿Por qué no paras de decir eso? ¡Ya me tienes harto! ¿Acaso puedes leer la mente de mamá para saber lo que piensa todo el tiempo? —suspira—, ¡ya basta!

Me levanto de los asientos y lo enfrento:

—¿Qué tratas de decir, Austin? ¿Que estás del lado de mamá? —esto lo que estoy a punto de decir es como arrojar un fósforo a la gasolina—: ¡Ya te pareces a ella! ¡Sólo esperabas una razón para decirme cualquier cosa sobre mí!

—¿Crees que, si estuviera de su lado, te dejaría estar conmigo todo el tiempo? Es más, si todavía viviera con ustedes, ¿sabes qué? ¡Haz lo que te dé la gana! —Austin se da por vencido, decide ignorarme, entra al auto y se sienta, indicándole a Cox que encienda el motor.

Odio cuando termina la discusión sin previo aviso, es su forma de ignorarme por completo. Contando las veces que he discutido con Austin en toda mi vida, esta sería la tercera. La primera vez fue hace un par de años, por unos tenis que tomé y ensucié sin su permiso, y esta semana han sido las dos últimas y más recientes discusiones que hemos tenido.

—¿Puedes dejar a mi hermano en casa de mis padres? —le consulta a Arnold.

Eso se ha sentido como una puñalada al corazón. Austin nunca me llama "hermano" frente a ningún conocido, es normal que lo haga con desconocidos... pero... ¿con Cox?

Todavía es temprano para llegar a casa; no obstante, no puedo decir nada, dado que Austin está encargado de mí y no me quiere hablar. Aparte de huir de mamá y Jeremiah... ¿también debo hacerlo de Olivia? ¿Y ahora de Austin? El único que se salva es papá...

Bajo del auto lo más rápido posible, a pesar de que la bolsa de mi ropa mojada esté pesada. Antes de seguir mis pasos, Austin me detiene al llamarme por mi segundo nombre.

—¿¡Qué?! —exclamo al voltearme hacia él. Lo veo apoyado en el auto de Cox con los brazos cruzados.

—No quiero que pienses que estoy a favor de mamá, es lo contrario, ¿de acuerdo?

Volteo los ojos y doy un gran suspiro.

—Entonces, ¿por qué estabas enojado? —levanta una ceja.

—¿Estaba? ¿Cuándo dejé de estarlo? —va directo al grano—. Eres tan necio, Jeremy. Jeremiah es odioso e intenso, pero tú... piensas que un regaño es para mal cuando, en realidad, es para bien. ¿Por qué razón?

—Quisiera responderte, también me odio, no te preocupes.

—No sabes lo valioso que eres para mí y el cariño que te tengo...

Me quedo callado escuchando a Austin. De la nada, se escucha como se abre la puerta principal. Es papá, en bata y pantuflas. Se acerca a nosotros y nos pregunta qué sucede.

—Nada, papá —contesto sin dirigirle la mirada.

—Jeremy, sé lo que pasó —lo miro de reojo—, salvaste una vida. De acuerdo, ¡buen trabajo! Pero... ¿qué hacías fuera del alcance de Austin?

Me privo de contestarle. Papá me indica que entre y me espere en la sala mientras se despide de Austin y charla por unos minutos. Entro y me tumbo en el sofá. Me distraigo observando las vueltas que da el abanico del techo y el sonido de las burbujas de la bomba de aire de la pecera.

Cierro los ojos, me quedo un rato dormido hasta que llega papá y me toca el pie a señal de que ha llegado. Se sienta en el sillón en frente del sofá donde estoy, da un suspiro antes de hablar. Me pide que vea la hora que es, once de la noche casi medianoche. Nos mantenemos un rato en silencio, según él porque es como una terapia antes de iniciar una plática para pensar en lo que dirás y evitar un grave error, ya que la mayoría de los sucesos pasan por hablar sin pensar; como lo que pasó hace una hora.

—Ahora que estamos solos, ¿qué te sucede, Jeremy? —se cruza de piernas—, desde la mudanza has actuado extraño.

Me siento y me acomodo en el sofá. Intentaré de ser lo más breve posible:

—No lo sé, papá —Okey, eso no era lo que esperaba.

—¿Cómo no vas a saber, querido? —se reí—, ¿sabes? Sé por qué estás así, estás más cerca de los 18 de lo que piensas. La vida será igual siempre más allá de los 18 si le sigues dando el mismo significado que le das ahora, ¿piensas que lograrás todo lo que te propones de la noche a la mañana? Los jóvenes como tú agradecen lo que tienen, pero no son conformistas. Lo que no saben es que nada se logra sin fracasos, más bien intentos...

—Lo único que deseo es estudiar —¿para qué mentir?—, la verdad es que estoy vacío sin respuestas. Supongo si no... existiera el favoritismo de mamá entre nosotros... todo fuese tan distinto. ¿Por qué la apoyas, papá? —empiezan a salir lágrimas de mis ojos, como estamos con las luces apagadas es poco notable.

—No lo hago, Jeremy —habla adormilado—: No pienses que la beca fue pura casualidad cuando en realidad fui yo quien la aceptó antes de todo.

—Sé que suena molesto escuchar lo mismo, pero es algo que me molesta... —¿espera qué acaba de decir?—, disculpa, ¿qué dijiste? ¿Es cierto lo que acabé de escuchar?

—Como escuchaste, Jeremy —bosteza—, tendré que endeudarme de todas maneras. No pienses que no tienes a nadie, cuando me tienes a mí —aclara al levantarse del sillón e irse a dormir.

Después de él, voy a mi habitación. No hago más nada que tumbarme en mi cama a escuchar música desde mis auriculares mientras veo el techo a un punto ciego. Puede que haya resuelto de la beca, pero... ¿por qué no estoy conforme con ello? ¿Acaso debo esperar que un milagro pase para ya estar conforme conmigo mismo?

Me llega una notificación, es un mensaje de texto de Arnold.

"¿te encuentras bien?"

Decido ignorarlo, no tengo ánimo de nada ni siquiera de dormir. Me levanto de la cama, me quito los audífonos; abro la ventana, salgo de ella y me siento en el tejado. Miro a mi alrededor sin pensar en nada, sólo... estoy en un estado mental donde dejo que mis pensamientos fluyan, donde me pregunto por qué debo preocuparme por lo que pasará mañana cuando ni siquiera ha acabado mi día.

Capítulo 13:

Han pasado dos semanas, y han sido las más largas de toda mi vida. Por suerte puedo decir que estoy disfrutando un poco de paz sin la presencia de mamá ya que lleva más de diez días en Costa Rica en un viaje que se ganó en una tómbola hace unas semanas atrás, y el desafortunado en acompañarla, es Austin. Quien no tiene nada que hacer por ahora, ha sido la mejor decisión que haya tomado pues nos quedamos solos con papá.

Con él todo es diferente porque nos quedamos todo el día solos hasta que llega del trabajo. No puedo decir que hemos estado del cien por ciento libres; sería mentira, no hemos hecho más que hacer tareas y estudiar para los parciales. Son tantas tareas que ni siquiera he tenido tiempo de revisar mis viejos mensajes de texto para saber quién me ha dejado, por lo que sé, Olivia no me ha dejado ninguno; me he preguntado estas dos últimas semanas si fui algo grosero con ella... Creo que sí.

Si se hubiera ahogado, juraría que soy el culpable, dado que era el único que estaba con ella. Es más, ni siquiera me había percatado de que se había hundido, pero es mejor olvidar ese tema. Si no me ha vuelto a buscar, tendrá sus razones.

—¿Jeremy, estás listo? —consulta el entrenador Miguel al entrar al vestidor.

—No, necesito algo de tiempo —digo, al momento de ponerme las gafas de natación.

—Jeremy, el equipo depende ti —aclara el entrenador al dejar el sitio.

Después de varias competencias locales, esta es la primera competencia nacional donde han venido los mejores equipos del país, y el profesor Miguel ha elegido a los cinco más destacados del club, entre ellos: Iral, Arnold, Miller, Ramírez y yo. Para ser la primera de muchas, ha demorado demasiado para culminar, llevamos más de cuatro horas en juego.

Mientras que terminan una carrera, me encuentro reposando, después de haber sido reemplazado por Iral, debido a que no pude nadar bien, porque es una piscina más profunda y larga que de la escuela. Es una piscina tipo militar puesto que sí está profunda al momento de nadar, es por eso que estoy sentado en el piso del vestidor, con las piernas extendidas, los nervios me atacaron nuevamente y no supe qué hacer. Supongo que fue por tantas personas que me observaban, incluyendo a Jeremiah y a papá quienes están en las primeras gradas.

Juraba que esto no me volvería a pasar, mas, esta ya es la segunda vez. Creo que si sigo así, haré que el profesor Miguel me expulse del equipo… bueno si es así, al menos habré llegado más lejos que Jeremiah quien sólo lo tienen el club por las horas de labor social.

—¿Jeremy? ¿Qué te sucede? —pregunta Arnold al entrar al vestidor. Se sienta en la banca, con las gafas en la mano, esperando a que le dé una respuesta.

—Los nervios —suspiro—. Nuevamente me hundí y no supe qué hacer. —Cox se levanta y se sienta a mi lado, agarra su botella nueva de Gatorade y me ofrece un poco—. Gracias…

—Gracias a ti estamos aquí, Jerry —agrega, mirando hacia las ventanas pequeñas—. Es normal; hace un rato me atrasé unos segundos y quedé en segundo lugar. ¡Puedes lograrlo!

Desde el altavoz anuncian la última ronda, incluyendo los nombres de los participantes; de primero, anuncian mi nombre completo. Me levanto del piso y miro a Cox, quien está organizando su maleta, y me desea suerte antes de salir. Como no tengo tiempo para calentar, me voy trotando hacia la piscina. Llego y veo cómo los demás del club me apoyan desde las bancas. Antes de que empiece la ronda, el profesor Miguel me da ánimo y me advierte que esta ronda depende mucho de mí. Esta vale más puntos que las anteriores; si gano, nos llevaremos el primer trofeo de muchos y las medallas suficientes para completar la meta del mes.

—¡Vamos, Walker! —sacude mis hombros—. ¡Vamos, Walker! ¡Dependemos de ti!

Me subo al bloque de salida, me ajusto las gafas y me pongo en posición, atento al sonido de la bocina de gas. Mis oídos zumban al escuchar el sonido de la bocina; me tiro de un balazo a la piscina. Voy avanzando hasta llegar a la otra esquina, logro llegar y me detengo en medio de la vuelta. Pierdo el control; mi corazón empieza a latir más de lo normal.

Intento avanzar, pero me hundo en el agua. Nado con los pies y los brazos pegados al tronco, y alcanzo a mis rivales; nado lo más rápido posible. Logro terminar la ronda en primer lugar. Al salir de la piscina, me tumbo en el suelo. Exhalo e inhalo mientras todos llegan donde mí y me levantan en brazos. Me alaban y presumen que hemos ganado la primera competencia nacional. ¿O es la única? ¡No recuerdo!

A medida que anuncian que somos el equipo ganador, me bajan al suelo y me felicitan porque, de nueve equipos calificados, somos el único donde la mayoría sumó puntos, a excepción de Arnold, quien no sumó lo suficiente.

Nos entregan el trofeo; de inmediato, nos tomamos un par de fotos con él. Luego, a cada uno le entregan las medallas y tarjetas de regalo de Amazon. Tal vez en la próxima competencia entreguen boletos de viajes, becas o autos… Mucho se ha invertido para sólo entregar tarjetas de cincuenta dólares.

—¡Jeremy! —me llama mi padre al terminar la entrega de premios. Voy donde está; papá me abraza a pesar de que estoy mojado y me felicita al darme dinero como regalo—. ¡Tenemos que ir a donde tu abuela! ¡Te esperaremos!

Lo paso por alto y me dirijo al vestidor. Una vez allí, ya cambiado y listo, los chicos me comentan que irán a los bolos; sin embargo, la forma en que me lo dicen no suena como una invitación, sino como una obligación debido a lo que hemos logrado. Como no tengo más opción que rechazar la invitación, les digo que debo ir a celebrar el cumpleaños de mi abuela paterna, cuando en realidad debo ir porque está enferma… bueno, si me atreviera a decirlo.

—¿Qué pasa, Jerry? —pregunta Iral al cerrar la puerta de su casillero. Me quedo sin responderle porque me llega un mensaje de Austin; de hecho, es una nota de voz. La escucho y, en ella, narra que me está felicitando por haber ganado la competencia de hoy.

Me alegra la noche, esperaba con ansias su mensaje de texto; en cambio, fue una nota de voz. Ya la mayoría de mis familiares me han felicitado, e incluso Jeremiah… sólo espero que mi mamá lo haga, a pesar de que no creo que lo hará.

—¿Nos vamos, chicos? —consulta Ramírez al entrar al vestidor con la llave de su auto en manos.

De repente se asoma Cox por la puerta con su mochila puesta, me inquiere:

—¿Vienes con nosotros, Walker?

—Mi papá me está esperando —me llega un mensaje de él, preguntándome si el club festejará por la victoria. Si me pregunta, debo decirle la verdad—. Iré con ustedes, ¡vamos!

Le mando el mensaje y me voy corriendo detrás de los chicos, que todavía siguen hablando sobre la competencia. Les hago caso omiso y, en su lugar, decido escuchar música. Arnold camina a mi lado, a mi ritmo; me da unas palmaditas en la espalda y me felicita por el logro. Otro más que lo hace, menos mamá.

Por una parte, todo esto se debe a él; fue quien me calmó unos minutos antes. ¿Qué hice para merecerme un amigo como Arnold? Estas dos últimas semanas, él ha sido quien me ha ayudado a entender algunos temas de Química y Física, dado que no estuve al principio donde explicaron la base de los problemas. No merezco a Arnold; es una muy buena persona para ser cierto.

En camino hacia los bolos, desde los últimos puestos de la minivan de Ramírez, no puedo evitar revisar mi barra de notificaciones cada cinco segundos, con la esperanza de recibir el mensaje de mamá. Ignoro el tema y me dirijo a mandarle un mensaje a papá, notificándole que estoy en camino a los bolos.

Apago el teléfono y observo a mi alrededor. La mayoría del equipo está dormido, menos Cox, que tiene la cabeza recostada en la ventana, observando el camino al mismo tiempo que escucha música. Opto por hacer lo mismo y empiezo a pensar que falta menos de tres meses para cumplir los 18. No me siento listo para ser legal, tomar las riendas de mis problemas y decisiones, ni mucho menos para estar por mi cuenta, aunque siempre lo he estado.

Es que la mayoría de las personas me han hecho creer que los 18 es una edad en la que ya debes estar listo para planear y hacer tu vida, cuando en realidad no es más que un número. Si estoy en una crisis a los 17, no quiero imaginarme cómo será cuando cumpla los 18; de cualquier manera, seguiré igual. Ahora, pensándolo bien, sólo quiero que el tiempo calme todo lo que me preocupa y me inquieta, madrugada tras madrugada.

—¡Por todos los cielos, los bolos están cerrados! —grita Ramírez al estacionarme en medio de la calle, frente al local de los bolos.

De la nada, decido revisar la hora en mi reloj de mano: son las diez de la noche. Por eso lo mantienen cerrado; por mí, que se mantenga así. Lo único que deseo es irme a dormir.

—¡Buena oportunidad para ir al bar del que te he estado hablando! ¡Está abierto, vamos! —comenta Iral al confirmar en su teléfono.

Interfiero en su conversación al tocarle el hombro derecho a Iral:

—Todavía soy menor de edad.

Todos se echan a reír, excepto Cox, quien se mantiene ignorándonos.

—De hecho, todos lo somos, a excepción de Arnold.

—Debo pedirle permiso a mi padre.

—No te preocupes por eso, te dejarán pasar de igual forma. ¡Relájate! —recomienda Iral. Ramírez, quien está al volante, acelera directamente hacia el bar indicado por Google Maps.

Espero no meterme en problemas. Nunca en mi vida he probado alcohol, ni mucho menos sustancias químicas. Sin mencionar que no tengo idea de dónde está ubicado el bar. Ojalá no esté al otro lado de la ciudad, debo llegar a casa de mi abuela antes de las dos de la madrugada.

Quince minutos después, una luz azul se filtra a través de la minivan. Parece ser el letrero gigante del bar. Nos estacionamos y, tras dejar todo en la minivan, nos bajamos. Caminamos directamente hacia la entrada, donde no nos piden identificación, sino dinero. Con rapidez, le doy un billete de veinte al portero con la excusa de que no llevo más efectivo. Este accede a dejarme entrar.

Mis ojos se centran en el ambiente, que parece más un burdel que un bar. Hay trabajadoras sexuales en la tarima, meseros sin camisa repartiendo pedidos y borrachos por todas partes conversando entre ellos.

Nos sentamos en una mesa a esperar que nos atiendan. Sin dudarlo, me siento entre Iral y Cox para sentirme más seguro; al parecer, tienen más experiencia en este tipo de lugares.

—¿También es tu primera vez en un bar? —le pregunto a Cox.

—En realidad, es la de todos —responde—. Estaremos bien, confía en mí.

—¿Qué desean, muchachos? —nos pregunta una mesera.

Uf, pensaba que nos atendería un mesero, lo cual habría sido lo más incómodo del mundo. Me mantengo en silencio, atento a lo que pedirán los chicos. El primero es Iral, que sin rodeos, dice:

—Cosmopolitan de cereza —abro los ojos de impacto, ¿vodka? ¿Llegará cuerdo a su casa? Es la primera vez que oigo esa bebida fuera de *Sex And The City*, me imagino que debe saber bien.

Escucho como todos empiezan a pedir bebidas, cocteles e incluso un **Everclear** puro, sin preparación ni juego. Llega mi turno y lo único que se me pasa por la cabeza pedir es:

—¿Tienes *root beer*? —todos se echan a reír, a excepción de la mesera que provoca un silencio ruidoso entre nosotros.

—Es la única cerveza que no vendemos porque no tiene alcohol, si deseas... te puedo ofrecer agua... —Arnold me susurra al oído:

«Ordena Sangría». Susurro a la par:

«No quiero beber sangre, no soy un vampiro». Arnold no puede evitar a echarse a reír. En mi lugar le dice riendo entre dientes a la mesera:

—Mi amigo desea sangría, no le agregue el apio, por favor.

—No tenemos apio —aclara la mesera al retirase de la mesa.

—¿Es la primera vez que ordenas alcohol, Walker? —inquiere Iral al mantener la mirada sobre mí.

—Sí, mi padre no me deja consumir alcohol.

—Deberías probar algo con más alcohol, si deseas podemos acompañarte.

Niego con la cabeza, lo paso por alto. A continuación, las meseras llegan con las bebidas en bandejas; una me indica cual es la mía y, sin más, pruebo la sangría. Es más o menos refrescante, sabor a fresas, y algo de alcohol calienta mi garganta.

—¿Qué te parece? —consulta Cox al dejar caer su brazo sobre el respaldar de nuestro asiento. Le doy un sorbo a la sangría, una vez más siento lo caliente en mi garganta.

—Sabe de maravilla.

Para ser mi primera vez bebiendo alcohol, no me ha hecho efecto. Supongo que no ha pasado nada porque es la primera bebida de la noche. Quince minutos después, mientras los chicos hablan del juego de baloncesto que están viendo en el teléfono de Iral, sin pensarlo dos veces, le pido a la primera mesera que veo que me traiga otro vaso de sangría; esta vez lo pido con vodka.

—¿Estás seguro de que puedes con el vodka? —pregunta Cox al tocarme el hombro.

—Sí, ¡claro que puedo!

—¿Seguro, Walker? —me echo a reír.

—Es solo vodka, además, será mi segunda ronda.

Llega mi copa de sangría, la agarro y la bebo de un solo trago. Los chicos me regañan, diciendo que no se debe beber alcohol de un solo trago, que puede ser peligroso; pero ignoro sus consejos y de inmediato ordeno otra bebida, algo diferente a la sangría. Busco en Google un momento, y la primera que veo es el tequila.

—¡Un vaso de tequila! —grito por el ruido de la música, luego cambio de opinión—. ¡No, mejor deme una botella!

Cuando traen la botella, Cox no duda en reclamarme:

—¡Jeremy, esto es una botella Añejo! ¡¿Tienes dinero para pagarla!? ¡Son casi doscientos dólares!

—Baja la guardia, tengo la tarjeta de mi papá —miento.

Me sirvo un vaso de tequila y decido centrarme en escuchar la música que suena fuerte en los altavoces; por cierto, es música latina.

Pasan otros quince minutos. Me dan ganas de ir al baño, así que le comento a todos que iré. Creo que ya me estoy empezando a sentir inconsciente, mareado y con algo de sed de agua. Siento unas manos en mis hombros; es Cox, quien me comenta que irá conmigo al baño.

Estando allí, orino y Cox me espera afuera en el tocador, me pongo a pensar en mamá. Reviso mi teléfono; la desconsiderada no me ha enviado las felicitaciones. ¡Qué falta de ética! ¡No es posible que, incluso desde lejos, esté haciendo mi vida un desastre! «¿Qué carajos se supone que debo hacer para que esté orgullosa de mí?». Golpeo la partición del urinario.

—¡Jeremy, todo está bien? —pregunta Cox desde afuera. Quito el seguro del urinario y lo veo parado allí; en un acto espontáneo, le doy un abrazo. ¿Por qué? ¡Quién sabe!

—¡Arnold Cox! ¡Todo está bien! —miento una vez más—. Te quiero, querido amigo —el tequila me está haciendo efecto.

—¿Estás bien? —levanta una ceja—. ¿Por qué tan cariñoso? —se pregunta Arnold al tenerme entre sus brazos.

Ignoro por un momento a Cox, me dirijo al lavabo a echarme agua en el rostro, me quito las lágrimas provocadas. Me observo al espejo, sigo cuerdo. Estoy consciente de lo que hago; de la nada, entra un travesti a orinar. Sin titubeos, salimos del baño y afuera nos echamos a reír. Notamos que en el segundo piso hay una pista de baile; subimos y permanecemos en las barandillas, observando todo el bar, inclusive a los del club que aún siguen viendo el juego de baloncesto.

Siento unas manos cálidas en mi espalda. Al girar, veo a una mujer joven, morena y con rasgos latinos. Me pregunta cómo estoy, y me doy cuenta de que es una trabajadora sexual. De inmediato, niego que necesito sus servicios. Ella se va disgustada, aunque la chica que está con Cox no se marcha.

—No le gustan las mujeres —bromeo. Ella le lanza una mirada de desprecio y se va con su amiga.

—Le hubieras dicho que no me gustan las latinas —comenta Cox.

—Es mejor decir que eres gay antes que ser xenofóbico. No te ofendas si no lo eres —aclaro justo cuando le pido un vaso de agua a un mesero.

—No te preocupes —suspira.

Nos quedamos en silencio, prestando atención a la música. Termina una canción y, de inmediato, comienza una melodía conocida: la intro de *"Forever Young"*. En vez de tatarear la letra, esta vez me concentro en lo que dice.

Tantas aventuras que no pudieron ocurrir hoy
Tantas canciones que olvidamos tocar
Tantos sueños que surgieron de la nada
Dejemos que se hagan realidad
Eternamente joven, quiero ser eternamente joven
¿Realmente quieres vivir para siempre?
¿Morir joven o vivir siempre joven?

Cuando llega el final de la canción y suena el sintetizador, me aparto a una esquina a pensar en la vida. Reflexiono sobre lo rápido que ha pasado el tiempo, de un abrir y cerrar de ojos. De repente, dejas de jugar con tus juguetes en tu habitación y, al día siguiente, debes escoger el destino de tu vida sin ninguna experiencia. Te enfrentas al mundo real, donde casi no hay personas que te comprendan, y apenas eres alguien que a duras penas conoce el sentido de la vida. Es difícil aprender de las experiencias cuando estás comenzando a vivir porque aún no has aprendido de lo que has vivido.

A menos de dos meses, estaré experimentando lo que realmente es la vida. La graduación está a la vuelta de la esquina; me graduaré con un par de extraños, cumpliré 18 años en menos de lo esperado, y siento que no he disfrutado mi último año como se debería. No esperaba que todo lo que alguna vez imaginé fuera a terminar tan rápido.

Sólo me la pasé cavilando sobre lo que pasará en el futuro. Ahora que lo pienso, es cierto lo que decían los drogadictos de mi antigua escuela: *"La preocupación solo te roba vida y energías; solo debes dejar que pase lo que la vida te tiene preparado. Si duermes tranquilo en un avión sin conocer al piloto, ¿por qué desconfiar del tiempo?"* Es cierto... lo único que he hecho durante todo este tiempo ha sido robarme vida.

—¿Ya estás pasado de alcohol? —pregunta Cox al pararse a mi lado.

—No sabes cuánto deseo ir a casa... —me interrumpe:

—Hablando de casa, Iral y yo tendremos que quedarnos en la tuya...

—¿Por qué? —le cuestiono.

—Iral vive al otro lado de la ciudad y yo... porque quiero.

Le hago caso omiso; en su lugar, me dirijo a la disco a bailar con un par de chicas de unos veinte años cada una. Al mismo tiempo que bailo con ellas, no dudo en pedir más alcohol. Por una vez en la vida, dejo las preocupaciones a un lado. Veo el lado positivo de la vida, aclaro: el alcohol sólo me está poniendo feliz; fue la música la que me abrió los ojos a la realidad.

Pasan dos horas acordando con Iral y su reloj inteligente. Nos mantenemos sentados, pasados de alcohol, observando cómo más y más personas entran, a la vez que otras salen a vomitar. Apuesto a que, si no tuviera en claro que estoy sentado en la mesa, tal vez estaría acostado en la basura de lo cansado que me siento.

No debí haber participado en la competencia de tragos de Iral. Usamos la botella de **Everclear**. ¿A quién se le ocurrió no mezclar el jugo de arándano que pedimos? ¡Oh, cierto!, ¡fui yo!

—Deberíamos irnos. ¿Quién paga la cuenta? —consulta Cox al despertarse de su siesta.

—No traemos dinero —responde Iral. Despertamos de nuestro trance y abrimos los ojos de par en par.

—¿¡Qué!? ¡¿Cómo se supone que paguemos?! —reclama Cox.

—Jeremy comentó que tenía la tarjeta de su papá —dice Miller.

—¡No ayudas, Miller! —aclaro—: Era mentira, ¿está bien?

—No nos queda otra opción que escaparnos —dice Ramírez.

—¡Empecemos a correr! —pero antes de hacerlo, una pelea se forma en la barra de bebidas. Aprovechamos para salir corriendo lo más rápido posible.

Al encender el auto, ya calmados y rumbo a casa, Iral nos comenta que logró llevarse otra botella de **Everclear**. Con firmeza, la abre y cada uno se toma un trago. Ramírez abre las ventanas de la minivan e incluso el techo corredizo. Lo miro por un rato, no lo pienso dos veces; me pongo de pie y saco la cabeza a través de él. Estamos viviendo como si fuese la última vez que lo hacemos.

Quizás, si nunca me hubiera cambiado de escuela a mediados del año escolar, nada de esto estaría pasando; todavía estaría viviendo a la sombra de Jeremiah. Es posible que no esté disfrutando de un último año de todas maneras; sólo debo buscarle sentido a las cosas, por más tontas que sean. Algún día tendré la dicha de querer volver a ser joven, con esta edad que nunca más tendré en mi vida. A querer volver a sentir estas emociones, que dentro de unos veinte años, al escuchar las canciones de la radio, me traigan de vuelta justo a este momento.

Llegamos a casa de mi abuela, lo primero que hacemos es tirarnos al césped, borrachos y sucios por el polvo que había en el bar. A duras penas nos ayudamos entre sí a levantarnos del césped; un ladrón pasa delante de nosotros. Intenta abrir la cochera de los vecinos, hago que los muchachos se detengan, agarro una piedra del jardín de mi abuela y se la lanzo en la cabeza. Se escucha como si se hubiese quebrado un vidrio, la alarma se activa y de una vez entramos rápidamente a la casa, subimos a mi habitación y los tres nos tumbamos en la cama al mismo tiempo.

Quedo en medio de los dos; Iral se queda dormido de inmediato al sentir las plumas de la almohada, mientras que Cox se mantiene despierto conmigo. Nos reímos y me pregunta qué fue lo que pasó; le contesto que no tengo ni idea.

Por un momento nos quedamos en silencio al escuchar los ronquidos de Iral; Arnold empieza a hablarme al mirar el techo:

—Quisiera repetir esta noche, una y otra vez sin importar qué pase, de igual forma ya sabré lo que pasará al final.

—Yo también lo hiciera sin dudarlo...

—Algún día verás que todo se olvidará, sólo serán recuerdos de nuestra adolescencia —lo miro de reojo.

—¿Crees eso?

—Puede ser, nunca se sabe cuándo será un día tan memorable.

Lentamente, escucho cómo Arnold se queda dormido, a la misma vez que veo la luz de la luna filtrándose a través de las ventanas. Mientras observo la luna, sin importar el ardor de mis ojos por el alcohol y la falta de sueño, me hace pensar en mamá... quien todavía sigue sin felicitarme. No sé si es peor ser felicitado por obligación por cumplir años el mismo día que Jeremiah, por razones obvias, o no ser felicitado por haber ganado un trofeo de plástico reciclado. Es mejor olvidar lo que haya pasado con ella hoy; no seré quien cargue con la culpa toda su vida. Sé que lograré más logros en la vida y no me desanimaré por una persona.

Decido acomodarme en la cama para quedar dormido de un solo suspiro.

Capítulo 14:

Me despierto desesperado por el ruido de la podadora; se me olvidó cerrar la bendita ventana. Abro los ojos, y todavía siento el mismo ardor de ayer, tanto que debo dejarlos entreabiertos. Con mi vista reducida, noto que los chicos aún siguen dormidos: Cox tirado en el piso e Iral debajo de una frazada. Escucho el sonido del abanico de techo y la podadora al mismo tiempo, lo que me causa un dolor de migraña.

Me levanto de la cama y veo a papá cortando el césped a través de la ventana. De repente, se detiene, alguien llama a la puerta. Lo ignoro y voy directo al baño. Allí, me enjuago el rostro mientras me observo en el espejo. Dios, nunca antes había tenido las ojeras tan marcadas... Debería ir a dormir otro rato más.

—¡Jeremy! —grita papá, justo antes de que salga del baño y me dirija a mi habitación—. ¡Jeremy! ¡No me hagas repetir tu nombre por tercera vez!

Papá está molesto, cuando lo está... ni siquiera quiero verlo a los ojos; me podría castigar u obligarme a lavar el patio de la casa por un mes entero. ¿Qué hice? Acepto que haya llegado borracho en plena madrugada, o que haya traído a mis amigos sin su permiso, o que esté irrespetando la casa de la abuela cuando está enferma.

Camino hacia el inicio de la escalera y, desde aquí, veo a papá hablando con una vecina... lo cual es raro, ya que los vecinos de mi abuela casi no interactúan entre sí, a menos que sea para criticar a alguien, y tengo la mala sensación de que estoy en graves problemas. Aparte de haber llegado borracho... ¿Qué más hice? ¡Dios, la migraña casi no me deja pensar! ¡Me duele la mitad del rostro! Creo que le arrojé una piedra a un ladrón. Puede que haya sido el hijo de alguien, y por eso le están reclamando a papá.

—¿Papá? —llamo aun desde la escalera. No contesta a mi llamado, su silencio lo dice todo. Opto por bajar y noto que ha dejado entrar a la vecina, que parece ser una vieja amargada—. Buenos días, ¿cómo están? —saludo al asomarme a la sala.

—¡Qué buenos días, son las cuatro de la tarde, Jeremy! —exclama papá al cruzarse de brazos. Sin importarle que está sucio de tierra, se sienta en el sillón de la abuela—. ¿Me puedes explicar por qué rompiste la ventana de la Señora Ethel? —la miro de reojo, al menos la señora no está enojada.

Me quedo callado por unos segundos, a pesar de que me estoy muriendo por dentro debido a la maldita migraña. Odio que tenga que soportar este dolor. La última vez que tuve un dolor de migraña, metí la cabeza en un cubo de agua con hielos para calmarme un poco. No alivió nada, más que irme a dormir.

—¿Jeremy? —llega mi abuela a la sala y me acaricia el cabello con cariño; mientras lo hace, veo que lleva un bastón, que es nuevo en ella. Sé que está enferma, pero no tengo idea de qué.

—Mamá, estoy resolviendo un asunto con mi hijo, ¿puedes dejarnos solos? —le reclama papá a mi abuela, mas, ella no se deja intimidar por él:

—¿Qué busca esta mujer tan molesta? —la Señora Ethel se queda impactada al abrir la boca por cómo mi abuela la llamó.

—Mamá, ¡respeto, por favor! —pide papá indignado.

—¿Qué hizo mi nieto para que esta mujer haya llegado a mi casa? —me río entre dientes, y papá lo nota, mirándome con una mirada asesina.

—Señora Walker... —la interrumpe mi abuela.

—Soy Señora Collins desde que murió el papá de este ingrato. Señora Walker es la esposa de mi hijo, que parece no estar satisfecha en su matrimonio. —agrega—: ¿Qué quieres?

—Tu nieto lanzó una piedra hacia la ventana de mi cochera...

Un silencio ruidoso e incómodo se forma entre nosotros hasta que la abuela decide sentarse. Desde su asiento, le reclama a papá que continúe cortando el césped. Indignado, él se dirige hacia mí, me toma del brazo y me lleva a una esquina.

—¿Qué hiciste, Jeremy? —trago saliva. Odio cuando está molesto.

No tengo más opción que decirle la verdad:

—Llegué borracho... —trago saliva una vez más—, y pensé que había un ladrón en la cochera de la Señora Ethel... —me quedo sin palabras. Sus ojos enfurecidos me llenan de temor y hacen que se me ponga la piel de gallina.

—¿Y arrojaste una piedra pensando que ibas a solucionar algo?

Asiento. En ese momento, llega mi abuela de la sala. Empieza a reprender a papá en medio del pasillo, pidiéndole como última petición que no deje entrar más a la Señora Ethel a su casa.

—Mama, su nieta trabaja para ti, ¿cómo me vas a pedir eso?

—No me interesa, esa vieja le coqueteaba a tu papá en los 2000.

—Mamá, estamos hablando de hace veinte años... —la abuela nuevamente reprende a papá. Este le hace caso omiso, antes de irse me advierte:

—Espero que no hayas hecho más nada, ¡no me vas a obligar a desperdiciar tus vacaciones de primavera en la casa de la playa!

—Te lo aseguro —agrego al bostezar—: Además, tampoco quiero ir a la casa de la playa.

—¿Jeremy...? —¡No puede ser! Me olvidé por un momento que los muchachos todavía seguían en mi habitación, bueno no me queda de otra que aceptar mi destino—. ¡Buen día, Señor Walker! —saluda Iral desde la escalera.

Papá no se limita a saludar a los muchachos, se pone sus gafas de sol, y antes de encender la podadora, me comenta al murmurar:

«Prepara esa maleta, vas a trabajar mucho en la playa».

De la nada, el dolor de migraña se me ha pasado, pero aún tengo resaca y ni siquiera tengo hambre. Es mejor atender a los muchachos antes de irme a la casa de la playa de la abuela. Una peculiaridad de mi familia paterna es que deciden ir en primavera, pues es la temporada en que no hace tanto calor ni frío y las flores de la abuela por fin florecen después del invierno. A papá no le gusta ir porque van sus hermanos mayores, quienes le hacen la vida imposible por la escasez de habitaciones, lo que incita a que durmamos en la sala. Yo odio ir porque no hay nada ni con quién divertirse; la mayoría de las cosas son del siglo pasado y casi no son utilizables.

—¿Qué pasó, *bro*? —pregunta Iral, despeinado y con los ojos entreabiertos.

—Eh... —pienso en qué responder—, tuve un breve regaño por mi papá.

Nos quedamos mirando hasta que Arnold dice algo:

—Oye, ya nos vamos. ¿Nos prestas toallas? ¿Y algo de ropa...?

Mi abuela, al pasar por el pasillo hacia la sala, se queda parada a observarnos. Está a punto de decir algo; ojalá que no sea algo imprudente, incluyendo palabras obscenas.

—Oye... —hace una pausa entre palabras—, ¿por qué no invitas a tus amigos a la casa de la playa? ¡Les vendría bien unas vacaciones!

Los chicos se miran entre sí; Iral está de acuerdo en ir, pero Arnold no, debe asistir a la boda de su tía en Filadelfia.

—Me gustaría ir... Si no voy, mi mamá me matará.

Mi abuela le hace la vista gorda y cambia de tema, invitando a Iral a pasar a la cocina a comer pizza de jamón. Me quedo solo con Cox, trato de que no se sienta mal y nos dirigimos a mi habitación.

—No sabía que tenías una casa de la playa —comenta Cox al tumbarse en mi cama.

—Corrección, es la casa de mi abuela —le digo conforme busco una toalla en una esquina del armario—. Quisiera quedarme a las prácticas que hará el profesor Miguel.

—No te quedes, ve, no te limites... Tal vez esta sea la última vez que vayas a esa casa.

Le doy la toalla a Cox; son las cinco de la tarde, lo noto por los rayos de sol que entran en mi habitación. Le sonrío de oreja a oreja al mirarlo. Quizás ese viaje me haga bien, aunque ayer estuvo de locos. No puedo creer que tuve mi primera borrachera, y la última, de hecho. Eché a perder un día entero por dormir... ¿Lograré recordar esto por el resto de mi vida?

Estoy en la vereda de la casa, observando a Cox irse en un auto privado. Son las seis de la tarde y ya está empezando a atardecer. Miro el cielo por un rato, luego decido entrar a la casa. Las maletas están en el auto, y estamos esperando a papá a que termine de ducharse. Mientras tanto, Iral y Jeremiah están en el patio trasero arreglando el viejo componente de audio de papá de cuando era joven.

Los dejo solos y me dirijo a la sala, donde encuentro a la abuela escuchando música desde su tocador de vinilos. Está poniendo una canción de una banda española, y por lo que veo en la portada del disco, es de La Oreja De Van Gogh. Por lo que sé, esa banda no es tan vieja como para estar en la colección de discos de la abuela.

—Es un viejo disco de cuando tu padre tenía la edad de Austin. ¡Qué recuerdos! —comenta mi abuela al verme otear la portada del disco—: ¿Cuántos años crees que han pasado?

—¿Veinte? —asiente.

—Más de veinte, para ser exactos. No parece, veinte años son muchos... Era joven y hermosa en los 2000 —susurra—: tenía cincuenta y siete años... —me invita a sentarme a su lado en el sofá, accedo a su orden.

—Soy del 2005, así que no noto mucha diferencia —comento al tomar asiento.

—¿Sabes? Te pareces mucho a tu padre de joven: guapo, sabio, con ambiciones, sueños y un gran futuro por delante —suspira al terminar de hablar.

¡Vaya! ¿A qué viene el tema? Tal vez esté nostálgica de repente, quizás la melodía de la canción haya traído consigo la añoranza de los recuerdos de la juventud de papá. La mayoría de las personas mayores se han modernizado con esta sociedad de la tecnología, mi abuela no. Sigue haciendo todo como hace treinta años: tiene montones de álbumes de fotos, VHS sin cajas, y más cosas por destacar. Incluso tiene una computadora; no obstante, esta parece más una televisión que una computadora.

—¿Y qué le paso, abuela? —sigo el hilo de la conversación.

—Tuvo que dejar sus sueños atrás —añade—: Desde un principio, tu padre no quería ser del resto, no quería ir a la universidad sino ir a la escuela de música, pero tu abuelo, lo obligó a ir a la universidad sólo porque sí.

—¿Y mi papá se quedó con el deseo? —con la voz quebrada responde que sí, luego prosigue a terminar la conversación:

—Siempre lo apoyé. De una manera u otra, estuve presente. Pero ya sabes, siempre existe alguien que no soporta verte brillar más que él.

Mi abuela me toma de la mano; siento su piel fría y temblorosa. Mientras la canción sigue sonando, tengo la certeza de que este momento no lo olvidaré, ya que nunca antes me había hablado del pasado de papá. Es algo parecido a lo que vivo con mamá, aunque en mi caso, predominan la preferencia y el ego sobre todo lo demás.

—¿Sabes que muy pronto voy a morir, cierto?

Esto se siente tan extraño, que diga eso cuando otras veces deseaba vivir por muchos más años si es posible hasta los cien, esta no es mi abuela. No es la que conozco desde pequeño

—Abuela... —la miro directo a los ojos—, no digas eso, te vas a mejorar. Sólo debes tener fe.

Esta se digna a escucharme, y sigue la conversación como si nada:

—Tienes que aceptar la realidad, y lo único que espero es saber que cuando esté en el más allá, mi nieto haya encontrado su propósito de vida y no se dé por rendido por alguien más.

—¿A quién te refieres cuando dices "alguien más"? —mira de reojo al pasillo para saber si no hay nadie alrededor, y no lo hay, porque esta contesta al murmurar:

—Tu mamá —cambia de tema—: ¿Me prometes que no te vas a rendir al comienzo del camino? —asiento—. Te quiero, Jeremy, mi Jeremy.

No queda más que abrazarnos. Una vez más en la vida, vuelvo a oler su perfume, el cual la distingue del resto. Ese perfume que perdura por horas en su habitación, donde solía dormir cuando tenía pesadillas siendo un niño.

Oigo que alguien hace un golpecito en la pared, es papá, que acaba de salir de la ducha, ya arreglado con ropa nueva y con el olor de su desodorante que se siente hasta aquí.

—¿Ya nos vamos? —consulta papá.

—Primero debo ir a peinarme —contesto al levantarme del sofá, papá me da permiso y se queda solo con la abuela. Antes de irme al segundo piso, me quedo en la escalera porque escucho que mi abuela le está diciendo algo a papá:

—Cuídalo lo más que puedas, Hayden. Se parece mucho a ti.

—Mamá, recuerda que Jeremy tiene un gemelo.

—Ese se parece más a esa ramera que tienes por esposa.

Los paso por alto y corro al espejo a peinarme. Luego, termino de arreglarme, cierro la puerta de mi habitación y bajo con mi mochila del club de natación. Debería lavar la ropa que hay dentro, pues el día ha pasado tan rápido que siento que ha sido un día de relleno.

Escucho a papá encender su auto y voy afuera, percatándome de que conducirá el antiguo minibús del abuelo. Me pregunto por qué, debido a que me resulta extraño; en el auto de papá podríamos ir mucho más cómodos...

—¿Por qué usarás el minibús? —le pregunto a papá cuando pasa frente a mí.

Él, antes de subirse al carro, se pone las gafas de sol y, al dirigirme la mirada, dice:

—La ayudante de tu abuela viene con nosotros —aclara al subirse y cerrar la puerta del minibús.

—¿¡Quién!? —inquiero al asomarme por la ventana del copiloto.

—¡Jeremy! —se encoge de hombros—, no lo sé, no vivo aquí. Pregúntale a tu abuela, que fue quien la invitó.

—¡Buenas tardes, Señora Collins! —Oigo una voz conocida. Miro rápidamente y es Olivia, la ayudante de mi abuela. Me pongo nervioso y subo al asiento del copiloto. Papá me reclama porque tiré la puerta.

—Fue un milagro que la otra esa te haya dejado ir al viaje.

—No le diga así, Señora Collins.

—¿Ya conoces a mi familia? ¡Mis nietos son guapos!, ¡debes conocerlos!

Quito la mirada y me bajo un poco del asiento hasta llegar a la alfombra, pero papá me levanta de un tirón. Escucho cómo Jeremiah se presenta con Olivia, e incluso con Iral, quien lo reconoce de inmediato. Le comenta a Jere que soy su reflejo viviente, obviamente, somos gemelos, ¿no? Trato de ignorarlos hasta que ella pregunta por mí.

Papá odia que ignore a los demás cuando preguntan por mí. Así que, por obligación, me pide que le haga saber a Olivia que estoy aquí sentado en el asiento del copiloto. Luego, me manda a sentarme en los asientos de atrás.

Paso rápidamente y me tumbo en los asientos, impidiendo que alguien más se siente conmigo. No quiero tener ningún tipo de contacto con ella. Si papá supiera que fue por su culpa que me metí en problemas, cancelaría el viaje. No quiero que se cancele, especialmente por mi abuela, ya que según la lógica de papá: *Si algo sucede una vez, puede volver a ocurrir.*

Esta vez sí le creo. Olivia es el tipo de chica que da vergüenza ajena por su comportamiento infantil, por lo que es preferible alejarse. No tengo idea de cómo puede ser ayudante de mi abuela; quizás sea voluntaria de alguna labor social o algo por el estilo.

—Hermano... —me llama Iral al asomar la cabeza—. ¿Te sientes bien? —asiento.

—Quiero que la tierra me trague o ir a algún lugar que no sea la casa de la playa. —Me levanto y me siento, y me percato de que Olivia está leyendo una revista a la vez que escucha música a través de sus auriculares.

—Sólo serán unos días... —me echo a reír.

—¿Unos días? ¡Serán toda la semana, Iral! —Me quito la camiseta para sentirme fresco con la brisa que pasa por las ventanas.

—Me tendrás que prestar mucha ropa —dice Iral al volverse a su asiento.

De un momento a otro, Olivia y yo chocamos miradas; rápidamente desvío la vista y miro hacia otro lado. ¿Cómo me reconoce? ¿Cómo sabe que soy Jeremy en vez de Jeremiah? Me resulta curioso porque hace unas horas Iral seguía confundiendo a Jere, pensando que era yo. De igual forma, terminó hablando con él.

Al fin llegamos, de noche, pero lo importante es que ya podemos bajarnos del auto. Papá se estaciona y nos ordena bajar las maletas. Minutos después, caminamos con ellas hacia la casa y nos quedamos en el porche, esperando a que papá venga. Iral comenta que nunca había estado en una playa de noche. Le respondo que es una de las mejores experiencias que puede tener. Esta noche, planeo sumergir los pies en el agua mientras escucho música.

Al parecer, este año no vinieron mis tíos al viaje, ¡gracias a Dios! Estaba seguro de que ya estaría durmiendo en la sala, como siempre. Finalmente, será como en los viejos tiempos: sólo la familia Walker, formada por mi padre.

—¡Llegaron los Walker! —anuncia papá al llegar y, de inmediato, abre la puerta.

—¡Soy Collins! —grita la abuela, sentada en la banca del patio delantero.

Entramos y nos dirigimos directo a nuestra habitación, la cual compartiremos entre los tres: Jeremiah y yo en la litera de la esquina junto a la ventana, e Iral en la cama individual de la otra esquina.

Amontonamos las maletas en el armario; mientras tanto, nos preparamos para ir directo a la playa. Antes no quería estar aquí, y ahora mucho menos. Quiero estar lo más lejos posible de Olivia.

—¿Van a esperar que papá prepare la cena, o nos vamos directo a la playa? —pregunta Jere al quitarse la camiseta y las sandalias. Por mi parte, me quedo en ropa interior para ponerme el vestido de baño.

—A la playa —contesta Iral—. Quiero bañarme de noche. ¿Crees que me lleve algún monstruo marino?

—No tengo hambre —respondo a la pregunta de Jere—. E Iral... mi papá no te dejará alejarte más de cinco metros de la orilla.

Me distraigo por un momento, y llega Olivia a pararse en medio de la puerta para preguntarnos algo:

«¡Oigan, chicos! ¿Cuál es el baño?».

Me doy cuenta de que estoy en ropa interior y me pongo pálido, en vista de que no tengo nada cerca para cubrirme mi entrepierna, y la ropa la acabo de tirar a la cesta de la colada.

Desesperado, miro hacia la ventana, no hay otra opción que arrojarme por ahí. Antes de hacerlo, veo la altura y me arrepiento al tumbarme en cama de Iral al cubrirme con una frazada. Jere enciende la luz y me informa que Olivia ya se ha ido. Respiro aliviado y le digo a Iral:

—¡Hermano, no sé qué haré toda la semana! ¿Mi abuela no pudo elegir a otra persona como ayudante?

—¡Relájate, sólo aplica la ley del hielo! —responde cuando se pone su vestido de baño—: Además, ella tampoco se va a morir por no hablarte.

Terminamos de hablar y nos dirigimos directamente a la playa, donde Iral es el primero en nadar. Desde allí, nos comenta que el agua está fresca. Luego sigue Jere, quien nada a unos metros más lejos que Iral; entre ellos hacen una competencia de nado.

Después, me uno a ellos y sigo el juego. Al finalizar, decido flotar para contemplar la luna. Estiro mis brazos y pies, dejándome llevar por el agua. Esto es tan diferente a estar en una piscina contaminada de cloro.

Decido dejar de flotar y miro a Jere e Iral, quienes están en la orilla buscando ramas y caracolas. Dirijo mi vista hacia la casa, y de ella sale Olivia, usando un vestido de baño blanco con cerezas. Me sorprende lo bien que puedo ver desde lejos, ¡guau!

Sacudo la cabeza para borrar la imagen que acabo de ver de ella, le echo una mirada despreciativa y me dirijo hacia los muchachos.

La pesada arena entre mis pies me hace caer al agua. Hago como si nada, me levanto y sigo mi camino. Noto que Olivia se acerca al agua; se mantiene sentada en la orilla para evitar mojar su hermoso y sedoso cabello.

—¿Jeremy? ¡Jeremy! —despierto de un trance al escuchar la voz de Iral. Me doy cuenta de que he estado observando a Olivia con las manos en las caderas por un buen y largo rato. ¡Por amor a Dios, Olivia me tiene demasiado distraído!

—¿No quieren ir a cenar? —les pregunto a los muchachos, frotándome la nariz por la sal que entró al estar en el agua.

Estos acceden. A continuación, entramos a la casa. Desde la ventana del comedor, me quedo mirando a Olivia, quien todavía continúa en la orilla jugando con la arena. Con papá sirviendo la comida, me dirijo a la sala de estar para poner algo de música en la radio, así distraigo mi mente, ya que no hay señal por aquí ni mucho menos internet.

Por más que busque canciones de mi estilo, emisora tras emisora, no hay más que personas platicando de temas políticos. Por fin hallo una, pero hablan entre coros, como si me interesara escuchar sus comentarios en medio de las canciones. ¡Qué fastidio! Me doy por rendido y no me queda de otra que leer los antiguos libros de astrología de mis tíos.

Capítulo 15:

En medio de la medianoche, abro los ojos por la falta de ganas de dormir; he intentado dormir, pero no puedo. Estoy en la cama de arriba de la litera, con las manos detrás de la cabeza, encima de la almohada, al mismo tiempo que veo la luz verde del aire acondicionado antiguo. Chequeo si Jeremiah ya se ha dormido; definitivamente lo está. Por el otro lado de la habitación, me percato de que Iral está arropado, durmiendo bocarriba.

Quito la mirada y me concentro en intentar dormir, mas no puedo. Se me viene a la cabeza una imagen de Olivia la cual no me quiero imaginar. Agarro la almohada y me la pongo en la cara, ahogándome intencionalmente por unos segundos para soltar un grito ahogado. Después, la tiro a un rincón de la cama y me siento, mirando hacia la ventana.

Si sigo contando las veces que he hecho esto, llevaría un control no tan deseado. Sé que no suelo usar mucho internet, pero es algo que me entretiene y me da sueño. Ahora lo extraño bastante. He revisado el registro de llamadas, Austin ha intentado llamarme... Quizás mañana por la mañana vaya al acantilado, a un par de kilómetros de aquí, y trate de llamarlo. Tal vez está ansioso por saber si hemos llegado bien a la casa de la playa.

Recuerdo que los primeros años que veníamos aquí, solía haber televisión por cable con canales ilimitados en todos los televisores de la casa. Todas las noches nos reuníamos en la sala principal con los primos más pequeños para maratonear películas, turnándonos para cambiar a nuestros canales favoritos. Incluso esperábamos hasta la medianoche, cuando todos ya estaban dormidos, para ver películas de terror. Después, no podíamos conciliar el sueño porque pensábamos que había demonios escondidos en el armario.

—¿Sigues despierto? —pregunta Iral al despertarse con los ojos entreabiertos.

—No puedo conciliar el sueño —respondo al tumbarme en la alfombra, agrego—: No me critiques, pero cuando cierro los ojos, lo único que veo, es a Olivia. Iral, han pasado tres semanas desde que no sé nada de ella y de la nada aparece en mi viaje familiar, ¿puedes creer eso creíble?

—Sigues enamorado de ella o quizás esté destinada en tu vida. Si no... ¿Por qué volvió a tu vida sin deseo alguno? ¿Sigues sintiendo algo por ella? —inquiere Iral al momento de sentarse en la alfombra, a lado de mis pies estirados.

Por un momento, me pregunto en lo que me ha preguntado: «*¿Sigues sintiendo algo por ella...?*» No creo; ya lo he dicho más que suficiente. No me gusta su comportamiento infantil... Aunque... No la conozco del todo; podría cambiar o tal vez haya estado jugando conmigo en ese entonces por la emoción del momento. Exagero únicamente por un momento que es fácil de olvidar.

—Quizás haya una parte de mí que sigue enamorado, pero... no sé por qué lo estoy —me levanto para sentarme—. ¿Es atractiva? ¿O soy el único en verla así? —Iral se ríe entre dientes.

—Es hermosa, Walker —suspira—, pero no puedo verla con esa intención porque eres mi amigo, y eso lo respeto.

—Gracias —me levanto por completo de la alfombra—, oye... me daré una ducha para calmar la mente, creo que es por eso que no puedo dormir.

Agarro mi toalla y me voy directo al baño. Pasan veinte minutos y salgo de la ducha con el pelo mojado. Me dirijo a la sala para beber algo de jugo de piña. Lo busco y aprovecho para tomar unos bocadillos: galletas de chispas de chocolate, pan con queso y tacos.

«¡Estos tacos de pollo están deliciosos!», pienso en voz alta. Me distraigo un momento al girarme para calentar los tacos en el microondas y no me percato de que se han encendido las luces de la cocina. «¿Hay alguien despierto?», pregunto al gritar y girarme hacia la isla. «¿Quién encendió la luz?».

Escucho la cadena del baño bajar y veo a papá salir de allí. Pasa de largo y me ignora por completo. Noto, por el reflejo del espejo, que en su habitación tiene televisión por cable. ¡Qué fastidio! ¡Yo me estoy muriendo del aburrimiento!

Quito la mirada cuando papá cierra su puerta y escucho que otra se abre. Le hago caso omiso y mantengo mi mirada en mis tacos ya recalentados en el microondas.

—Disculpa, ¿hay agua fría? —levanto la vista... sé quién es, obviamente que Olivia. No le dirijo el habla, y asiento a su repuesta.

Cuando esta saca la botella de la nevera, se sienta en un taburete y me pregunta:

—¿Eres Jeremiah o Jeremy? —a punto de contestarle, Olivia me impide hacerlo al seguir diciéndome—: Si eres Jeremiah, quiero hablar algo contigo.

Dejo los tacos en una esquina y me pongo a pensar: ¿Qué querrá decirme si le digo que soy Jeremiah en vez de Jeremy? Es tan incómodo tenerla frente a mí, aunque la curiosidad me mata. Miro de reojo al pasillo, noto que mi habitación está cerrada; supongo que siguen dormidos los muchachos. Doy un suspiro y le contesto:

—Soy Jeremiah —miento, trago saliva al verla directamente a los ojos después de mucho tiempo.

Olivia parece aliviada.

—No tenía ni idea de quién eras, son irreconocibles; no sé quién es quién —me mira con curiosidad—. Podría jurar que eres Jeremy. ¿Estás seguro de que eres Jeremiah?

¿Qué le contesto? ¿Qué mentira puedo decir? Si tan sólo responderle podría autodelatarme ya que no sé mentir. Me miro en el reflejo del microondas, ¿qué característica tiene Jeremiah que yo no tenga? ¿Flojera? ¿Ser un fastidioso?

Me miro los vellos entre el pecho; quizás le diga que Jeremy se depila debido a la natación, por orden del profesor Miguel... ya sé, tengo una buena idea en mente:

—¿Sabes que Jeremy no puede comer de madrugada? Después engorda...

¡Qué curiosidad más insensata que alguna vez haya dicho! Igual me enfrento a su reacción.

—También tienes el mismo físico, no entiendo.

Le volteo mis ojos al escuchar eso, pongo las manos sobre la isla de la cocina, indigno le respondo:

—¿En serio me vas a comparar con Jeremy? ¿Jeremy? —me auto halago—: ¿Con ese buen nadador? Mejor compárame con un bote de basura. Jeremy es lampiño, no le crece vello en el pecho ni mucho menos donde no pega la...

Me interrumpe:

—¿Podemos omitir eso, por favor? —asiento—. Oye, tu hermano me tiene loca, no puedo dormir gracias a él. Es un sentimiento difícil de explicar, cuando lo veo, trato de no hacerlo... No puedo evitar decir que es amor verdadero lo que estoy sintiendo por él.

¿Qué...? ¿Olivia acaba de decirme esto? ¿De verdad me ama a pesar de que no le he hablado en semanas? ¡Guau, me siento raro, algo culpable por esto! Es tan extraño escuchar a alguien expresando sus sentimientos, teniendo en cuenta que no eres tú; sin embargo, en realidad, sí eres tú.

—¿Crees que él sienta lo mismo por ti? —inquiero al sentarme a su lado. Ella niega con la cabeza como respuesta.

—Siento que sigue enojado por lo que pasó en la última fiesta. Admito que cometí un error al ir a nadar sin saber... —se tapa la boca y luego dice—: No debería decir esto, ¿acaso él te comentó algo al respecto?

A continuación, se abre la puerta de mi habitación; es Jeremiah quien acaba de salir. Apuesto a que irá al baño. Él pasa delante de nosotros, ignorándonos por completo. Temo que se dé cuenta de que me estoy pasando por él, así que termino de hablar con Olivia y me voy a la terraza para terminar de comer mis tacos.

Al salir, me acomodo en una tumbona y me siento aliviado al no tenerla cerca. No quiero que esto vuelva a pasar; no pensé que Olivia tuviese esos pensamientos hacia mí. Por un momento, imaginé que ella era del tipo de chicas que se hacen las difíciles para que les hables, pero eso sólo me hace entender que, si no le hablo, ella tampoco lo hará, a pesar de que se esté muriendo de ganas.

Escucho que abren la puerta corrediza y me doy cuenta de que Jere me ha seguido.

—¿Qué hacía la ayudante de la abuela hablando contigo? —dejo el plato de tacos en una mesita para responderle:

—Quería agua, Jeremiah —toso—, no es la gran cosa.

Se queda un rato en la puerta, dejando que la fresca brisa de la medianoche le despeine el cabello más de lo que ya está. Me percato de que está pensativo, se nota en su mirada.

—¿Te sucede algo? —niega con la cabeza.

—No. Hasta mañana, Jeremy —se despide al cerrar la puerta.

Por más que me preocupe por él, nunca accederá a sentarse a mi lado, a tener una charla profunda como hermanos que somos.

Bueno, ahora que somos polos opuestos. Siendo honesto, extraño mucho a mi hermano. Mi otra mitad.

Verifico la hora en mi teléfono, que está cargando al lado de mi asiento junto a la ventana. Son las tres de la mañana y no he hecho más que quedarme despierto. He intentado dormir, incluso aquí donde estoy, pero es incómodo por el material del que está hecho el asiento.

Tengo la impresión de que veré el amanecer si sigo desvelado; las horas han pasado más lento que en casa. Quizás, si salgo, me relaje un poco la tensión que llevo encima. Entonces, abro la puerta y, al estar afuera, lo primero que hago es subirme al tejado desde una vieja tabla de surf mal apoyada en la pared. Me tumbo en la madera arenosa, miro la luna y las hojas girando en el aire.

Quisiera entenderme. Sé que antes solía odiar este lugar, aunque con lo que me está pasando ahora, confirmo que todavía sigo odiando esta playa de todas maneras. Estoy más solo que un búho por las noches; preferiría estar aburrido en casa que aquí... Oigo que abren la puerta, me asomo y veo a Olivia en una manta enrollada.

—Jeremy, sé que eres tú —se acerca a donde estoy—. ¿Podemos dejar de fingir que no tenemos un interés amoroso el uno por el otro?

Se sienta a mi lado. Me hago a un lado, a unos pies de distancia de ella.

—¿Qué? ¿Era más fácil hacerte ayudante de mi abuela? —la juzgo con la mirada.

—No sabía que eras nieto de la señora Walker.

—¡Collins! —la corrijo.

—Sí, ¡Collins! Jeremy, nos vemos como dos ingenuos rogando amor —se quita la manta de encima—. No hemos conciliado el sueño cuando todos ya se han dormido. ¿Sientes algo por mí como yo lo siento por ti? ¿Te sigo gustando?

Asiento con la mirada hacia abajo. Odio cuando me quieren rogar. Algo que me ha enseñado Austin es que nunca debo dejar que una mujer me ruegue, o viceversa, que yo lo haga por alguien. Al final, eres lo mismo que la otra persona para estar rogando idioteces: carne, huesos y venas.

—Olivia... —hago una pausa entre palabras—. Me gustas, te quiero... ¿Me quieres...?

Asiento sin dudarlo ni un segundo:

—Obviamente, te amo más que a nadie en este mundo, Olivia.

Me acerco a ella y la abrazo con la intensidad de quien lleva mucho tiempo sin hacerlo. Siento su cabello rozando mi nariz y el perfume que tanto me gusta. Al soltarla, nos quedamos tumbados sobre el tejado, observando las estrellas. En un instante, nuestras miradas se cruzan, en medio de un silencio compartido.

Capítulo 16:

No sé en qué momento me pasé a mi cama; no recuerdo haber subido a la litera. No tengo ni idea si lo que pasó esta madrugada fue sólo un sueño o una ilusión causada por mi falta de sueño. Si fue así... ¡Diablos! He perdido mi inocencia por completo. No pensé que perdería mi virginidad de esa manera. Fue de la manera más tonta posible, en el lugar en el que menos quería estar; ahora se ha vuelto uno de mis favoritos.

Ahora me encuentro cepillándome los dientes con la esperanza de que papá no me regañe por haberme levantado tarde. Son casi las tres de la tarde y he echado a perder toda la mañana durmiendo. Ni siquiera me guardaron desayuno, así que supongo que está molesto.

Voy a la sala y veo que mi abuela está con los muchachos, tomándoles medidas mientras tiene un montón de rollos de tela regados en el suelo. Disimulo al ver a Olivia, quien la ayuda a encajar los hilos en las agujas.

—Ya empezaba a pensar que te habías muerto —comenta mi abuela al quitarse las gafas—. Necesito que te quites la ropa y que te quedes solo con la parte interior; necesito tomarte las medidas.

Me sonrojo, ¿es necesario hacer todo esto frente a Olivia? Sólo de verla, me hace pensar que se reirá de mí.

—Abuela, no haré eso —me cruzo de brazos.

Me juzga con la mirada al dejar de medirle la cintura a Jere.

—Jeremy, tu hermano y tu amigo están casi desnudos frente a nosotras —tose ligeramente—. ¿Qué tienes que no te haya visto antes? ¿Pelos? —suspira—. ¡No tengo tiempo para esto! ¡Basta de tonterías y hazme caso de una vez!

Entra papá a la sala; este acaba de llegar del supermercado. Ve y escucha que la abuela está utilizando sus dones como modista. Él no evita decir:

—Jeremy, tu abuela quiere hacerles sus esmóquines del baile de graduación —agrega al irse a la cocina con las bolsas de papel en las manos—. ¿Puedes cooperar, hijo mío? —se para en medio de la sala—. Todos tus tíos hemos pasado por lo mismo; al menos ustedes están en la sala; yo lo tuve que hacer en la terraza, frente a mis tías.

Mi abuela se ríe entre dientes y comenta, aun riéndose:

—Lo recuerdo muy bien —dirige su mirada hacia mí—. Sólo tomará unos minutos, ¿puedes colaborarme, por favor?

Asiento. No me queda de otra que quitarme la ropa; por suerte, mi calzoncillo es negro. Si fuese blanco, ni loco me dejaría ver. Me hago a una esquina con los brazos cruzados a esperar que la abuela termine con Jere. Al mismo tiempo que espero, observo las telas y veo que son de muy buena calidad para ser de la abuela. Papá sale de su habitación con una bolsa de almacenamiento; de ella saca su esmoquin de tela plateado gris. Lo desempolva y lo presume con nosotros.

—¿Recuerdas este esmoquin, mamá? —le pregunta papá a la abuela al mostrarle el esmoquin. Ella detiene lo que hace y se acerca a él con las manos en la cintura.

—Primavera del '98, por supuesto que lo recuerdo —se iluminan sus ojos—. Fue hace 25 años —acaricia las mejillas de papá—. ¡Has crecido mucho, mi pequeño!

—Mamá, estamos frente a los chicos —papá nos mira apenado.

—¿Y qué tiene eso? Siempre serás mi bebé —la abuela me llama al terminar con Jeremy. Al estar frente a ella, me dice—: Esto me llena de nostalgia, ¿sabes? Al único al que no pude hacerle su esmoquin fue a tu hermano mayor... La miserable de tu madre le compró el suyo en un almacén de pulgas.

La abuela me toma las medidas de la cintura y me alza los brazos. A la vez, observo a Olivia dibujar en su cuaderno; parece que está plasmando mi figura con las medidas que la abuela le dicta. Para ser una ayudante, se le da muy bien el dibujo; incluso está retratando mi rostro.

Por un momento se me olvida que estoy casi desnudo en frente de todos, y entro un trance. Recuerdo lo que pasó esta madrugada, no se me va de la mente porque mi cerebro no lo deja de mencionar. Me pregunto: ¿Le sucedería lo mismo a ella?

—Terminamos, querido —avisa mi abuela.

—¿Ya? Pensé que ibas a demorar más... —digo mientras me pongo las bermudas—. ¿No quieres hacerme también calcetines?

Mi abuela me pasa por alto y me dirijo a donde está Olivia para sentarme a su lado. No obstante, antes de decir alguna palabra, papá aparece de la cochera con un par de herramientas. Sé lo que quiere...

—Bueno, Jeremy, a trabajar... —me levanto del sofá con malhumor.

—¿Qué deseas? —inquiero al pararme frente a él.

—Quiero que bajes el nivel de la hierba de la playa. Cuando termines, me avisas para asignarte tu próxima tarea.

Ordena al darme las tijeras de podar. Por suerte, el sol no está tan fuerte; de lo contrario, no haría esto ni aunque me pagaran un millón de dólares.

Alrededor de veinticinco minutos después, por fin puedo tomar un descanso tras haber bajado el nivel de la mayoría de la hierba. Para ser cortada con tijeras, tiene un buen aspecto. Por otro lado, mis pies están sucios por la arena y tengo comezón en las piernas.

Me tumbo en el suelo. El sol no está tan fuerte ya, así que no me vendría mal un poco de sol. Giro la cabeza y noto cómo Olivia camina hacia mí. Me levanto de un salto, corro y disimulo que estoy cortando, cumpliendo con mi tarea.

—¡Jeremy! —me volteo y veo que Olivia está con una jarra de agua en las manos. Me acerco a ella, y al acercarme me comenta—: Pensé que tenías sed, así que te traje algo de agua.

Le agradezco con una sonrisa de oreja a oreja, tomo un vaso y bebo agua. Descanso unos segundos, le agradezco nuevamente y me dirijo a terminar mi tarea.

—Jeremy... —doy unos pasos hacia atrás y me volteo al mirarla—: ¿Podemos hablar? —asiento.

—Si no te molesta que esté sudado, está bien.

Nos dirigimos a un tronco de una palmera muerta tirada en el agua y nos sentamos en él, observando cómo las olas vienen hacia nuestros pies. El atardecer comienza, y los rayos de sol iluminan nuestros ojos y parte de nuestros cabellos. Antes de que Olivia diga algo, me quedo contemplando sus rasgos y su forma de mirarme.

—¿Te digo algo? —baja la mirada—. Me siento culpable por lo que pasó entre nosotros esta madrugada.

No tengo ningún tipo de reacción, así que hablo sin pensar:

—Olivia... —suspiro—. Es por eso que te pregunté si estabas preparada para hacerlo. Pudiste haber dicho que no.

Levanta la mirada al dirigirla hacia mí, luego a las olas:

—¿Cómo te sientes? —me pregunta al tomarme de las manos.

Si le digo que me siento orgulloso, me mata o me da una cachetada. ¿Qué le puedo decir? ¿He de decir que tengo miedo de que salga embarazada cuando, en realidad, me aseguré más de dos veces en usar protección? ¿Compartir la culpa juntos o simplemente echar a perder todo con Olivia? Si lo hago, ambos saldremos heridos, más Olivia, pues le dejaré entender que sólo la usé, cuando no es así.

—Tengo miedo de que salgas embarazada —confieso al tragar saliva. Por amor a Dios, Jeremy, ¿no pudiste asumir la culpa?

—Ay, Jeremy... —da un gran respiro al abrazar sus rodillas.

Entiendo por qué está sintiendo esta culpa, puede que sea por temas religiosos, quizás el temor de ocultarle a sus padres que ya no es virgen o algo mucho peor que no quiero pensar... Puede que se haya estado guardando para alguien en especial, tal vez no era el indicado para tener su primera vez. Olivia es el amor de mi vida, pero... ¿seré el suyo también? ¿O el "amor verdadero" que siente por mí, sólo es por temporada? No la conozco muy bien; sin embargo, con tantos momentos compartidos, creo que hemos conectado mutuamente a diferencia de otras personas en nuestro entorno que no parecemos dos adolescentes extraños enamorados.

—Olivia —responde al llamado al mirarme de perfil—. ¿Qué te sucede? ¿No querías que... fuera... tu primera... vez? —se ríe a carcajadas. Me molesto un poco y frunzo el ceño.

—Jeremy... ¿no ves que me tienes enamorada? —me sonrojo—. Sólo que... No quiero que esto salga de nosotros, Jeremy.

—Promesa de hombre —se ríe nuevamente a carcajadas.

—Todavía eres un muchacho —me besa en la mejilla—. ¿Me prometes que no dirás nada, por favor? —asiento. Esta me abraza, haciéndonos caer al agua. Nos reímos al salir, al ver que estamos mojados con algas en las cabezas.

Las risas se desvanecen de nosotros, al mirarnos fijamente, nos acercamos lentamente y nos besamos. Luego, nos acostamos en la orilla de la playa al mojar nuestros pies. Chocamos miradas y nos mantenemos un rato así hasta que decido levantarme para sentarme y observar el sol irse. Olivia, por su parte, deja caer su cabeza sobre mi hombro derecho al mismo tiempo que agarra fuerte mi mano.

Si nunca hubiera roto esa ventana, no estaría aquí sentado con la persona que me ha enseñado el amor a primera vista, sí existe. Si por casualidad de la vida, esto llegara a su fin, no volveré a creer más en el amor aunque haya miles de mujeres en el mundo. No habrá quien reemplace a Olivia.

—Te amo, Jeremy.

Una flecha de amor atraviesa mi corazón, es la primera vez que escucho esa frase fuera de mi familia. Esas cosquillas vuelven a mí, haciéndome sonrojar.

—Te amo, Olivia —me agradece dándome otro beso en la mejilla.

—Oye... Jeremy —levanto una ceja—, ¿crees que lo nuestro será temporal?

—¿Por qué razón lo dices? —inquiero al rascarme la quijada.

—Por nada, sólo es una curiosidad.

Puede que esté insegura de mí. ¿Quién le ha hecho tanto daño para que esté así de dudosa? ¿O habrá escuchado tantas anécdotas de sus amigas que ya tiene la anécdota, aun así no la experiencia? Quiero que olvide un poco el estrés, así que se me ocurre que podríamos ir a cenar esta noche al pueblo, aunque dudo que haya locales abiertos por el horario que mantienen desde que papá era un adolescente, es raro que algo esté abierto después de las seis.

—¿Deseas comer afuera hoy? —a Olivia se le ilumina los ojos.

—¡Claro!, ¿dónde iríamos? —consulta.

—No lo sé, podríamos ir donde sea que desees.

—Quiero comida mexicana.

—¿Tacos? ¿Quesadillas? —se echa a reír.

—Lo que sea —se levanta de la arena—, iré a cambiarme, ¡me tomará horas secarme el pelo! ¡Nos vemos en casa, Jeremy! —se despide al irse corriendo.

Al verla correr, me doy cuenta de que no olvidaré este momento. Fue tan hermoso tenerla a mi lado. El sol ya se ha puesto, y la noche recién comienza, el momento perfecto para mi primera cita oficial con Olivia.

Capítulo 17:

Estoy en mi habitación, los chicos me ayudan a escoger la ropa para esta noche. Me aplico desodorante y luego un poco de perfume por todo el cuerpo. Desde el reflejo del espejo, observo cómo Jere e Iral eligen con seguridad mi ropa. Se acercan con una camisa negra y una bermuda blanca de mezclilla.

—¿Creen que esto va conmigo? —dudo al ponerme la camisa; ajusto el cuello y las mangas.

—¡Hermano! ¡Usé a tu clon como maniquí! ¡Es obvio que sí! ¿Vas a dudar de nosotros? —me reclama Iral al tumbarse en su cama con los brazos detrás de la cabeza.

—Estoy algo nervioso, Iral —comento al abrocharme la bermuda.

—Creo que vas a estar más nervioso por lo que te diré —mi interés aumenta al escuchar hablar a Jere.

—¿Por qué lo dices, Jere? —consulto a la par que me termino de vestir.

—La ropa es de papá —abro los ojos al estar asombrado.

—Jere, papá odia que usen sus cosas sin permiso —opto por quitarme la ropa, mas Jere e Iral me impiden que lo haga al obligarme a sentar en la cama.

—Jerry, empacaste de mala gana, ¿crees que tengas algo elegante para ponerte? —demanda Jeremiah—, además, papá saldrá hoy... Luego lavamos y ponemos su ropa donde estaba.

Los paso por alto, me voy al espejo nuevamente para peinarme. No me he cortado el cabello, así que no tengo más opción que peinarme con cera. Termino de peinarme y, antes de salir, me ajusto los tenis.

Estoy más nervioso que el día que me entregaron la primera medalla de natación de mi escuela actual.

Acabo de alistarme al verme al espejo por quinta vez, me aseguro de oler bien, incluyendo mi aliento. Al abrir la puerta, me volteo a ver a los chicos.

—¿Cómo me veo? —ambos me miran de pies a cabeza.

—¡Te ves mejor que un vagabundo! —responde Jeremiah.

—¡Luces mucho mejor ahora que estás limpio! —bromea Iral. Me acerco a ellos y los abrazo con todas mis fuerzas.

—¡Los quiero, muchachos! —expreso al salir de mi habitación.

A punto de salir de casa, me aseguro de ir a la habitación de papá, quien aparentemente no está. No le doy importancia, y corro a la cochera donde hallo y destapo su vieja motocicleta. La recuerdo muy bien, solíamos dar largos paseos en esta querida cuando éramos pequeños.

Compruebo que tenga gasolina y que el motor funcione, según parece; todo está bien. Me devuelvo a casa, donde me encuentro con Olivia al salir de su habitación, que lleva una camiseta granate de encaje de tirante y una falda negra. La admiro por unos segundos, hasta que escucho un chasquido al lado de mi oreja.

—¡Vamos! ¡Lárguense de aquí antes de que tu papá llegue de su cita! —avisa la abuela.

—¿Cita? —me quedo con la duda.

—Perdón, juego, está jugando fútbol con unos viejos amigos de la infancia, ¡qué yo sé, ese no me dice nada de su vida! —aclara la abuela al empujarnos afuera y cerrar la puerta.

Nos reímos a carcajadas en la entrada, vamos corriendo a la cochera. Nos ajustamos los cascos, y nos sentamos en la moto. Al arrancar la moto, siento como Olivia rodea mi cintura con sus brazos y apoya su cabeza sobre mi espalda. Me siento algo nervioso, tengo mucho tiempo que no manejo una motocicleta, pero allá vamos.

Nuestro viaje por la carretera cerca del océano empieza, la luna nos alumbra mientras las estrellas aparecen a lo largo del camino; la calle está despejada, así que no tengo problema si manejo lo más lento posible para disfrutar su compañía. Desde el retrovisor observo su gran sonrisa de oreja a oreja al tenerme entre sus brazos. Antes no creía que me podría enamorar de alguien, ni siquiera pensaba en esas cosas hasta que por fin sucedió; incluso podría decir que llegué a dudar de mi sexualidad, ya que no entendía mis sentimos.

Llegamos al muelle donde me estaciono, apago la moto, la dejo en neutro, bajo el caballete y activo el freno de estacionamiento. Por último ayudo a Olivia a bajar del asiento, caminamos agarrados de la mano hasta llegar a la marisquería. Odio el pescado, pero es el único lugar abierto de noche por aquí; de todos modos, es raro que lo esté.

—Espero que te guste el pescado —comento al deslizarle la silla hacia atrás para que no tenga problemas en sentarse. Al tomar asiento dice:

—Dije que comía lo que sea, Jeremy —la miro con una gran sonrisa al sentarme en frente de ella.

Un mesero nos ofrece una botella de vino tinto como cortesía; lo rechazamos dado que aún es algo temprano para beber, son las siete de la noche y el vino a estas horas... como no va con el paladar.

A medida que le doy una hojeada al menú, me escondo detrás de él para contemplar la belleza de Olivia. Veo cómo recorre con su mirada los cuadros y los peces disecados en las paredes. De un momento a otro, me agarra de la mano que tengo sobre la mesa, y sigo su juego al sobarle la suya. Bajo el menú y noto cómo me sonríe.

—¿Ya sabes qué vas a cenar? —le consulto a Olivia.

—Nuggets y papas fritas. —Me quedo sorprendido; es lo mismo que voy a ordenar.

—Deja adivinar —pienso—, ¿no te gusta el pescado? —Olivia se ríe suavemente, cubriéndose la boca con la mano.

—No, ni siquiera el olor —suspira—. Aquí donde estoy, me estoy muriendo de la angustia —se echa a reír.

—¡Qué casualidad, a mí tampoco! —me expreso al llamar al mesero, que llega con su libreta—. Dos platos de... —muero de la vergüenza, no puedo terminar la frase—, dos platos de nuggets con papas fritas, por favor. —Miro a Olivia—, ¿qué quieres de beber?

—Una sangría con alcohol, por favor —responde, segura.

Me quedo boquiabierto; incluso veo la reacción del mesero, quien no duda en preguntar su edad. No le queda de otra que mentir y decir que es mayor de edad.

—¿Me puedes traer una *root beer*, por favor? —asiente el mesero.

—Me imagino que la pides sin azúcar, ¿no es así? —supone.

—¡Sí, sí, claro! —miento.

Nunca había pensado en ello, aunque sospecho que no le agregan azúcar. ¡Ay, Olivia! No me hagas odiar mi bebida favorita. Ignoro el tema y nos quedamos en silencio. En ese instante, Olivia no duda en distraerse con su teléfono. En cuanto a mí, me dan ganas de ir al baño.

Me dirijo al baño, y me llega un presentimiento repentino al dar unos pasos a lo largo del bar. Le hago caso a mi instinto y retrocedo unos pasos. Me asomo en la entrada, mi mirada se dirige a un señor parecido a papá... ¡Es él mismo!, está con una mujer morena de vestido azul plateado, bebiendo Vodka mientras comparten risas.

¿Papá en un bar? Es extraño para mí, lo sé; quizás para muchos es normal. Lo que se me hace más extraño es la forma en que le dice cosas al oído. Tal vez es una vieja amiga; no creo que papá le sea infiel a mamá, a pesar de que ella sea insoportable.

Decido entrar a saludarlo, pero dudo un par de veces; él no sabe que me he escapado de casa, mejor me regreso. Hago como si nada y sigo hacia el baño. Antes de irme, veo cómo papá le da un beso en los labios a la señora. El impacto me paraliza y, distraído, dejo caer una maceta gigante al suelo.

Me escondo detrás de una pared, con los ojos cerrados mientras estoy sentado en el suelo. No puedo imaginar a papá siendo infiel a mamá; quiero borrar esa imagen de mi mente porque sé que es mentira. Es algo difícil de aceptar, tan sólo mencionarlo duele.

Papá ha sido el hombre ideal de la casa: tiene un trabajo estable, gana el dinero suficiente, vive en una casa enorme y... tiene una familia que no es tan perfecta como debería. De igual forma, me enoja. ¿No puede decirle a mamá que ya no siente nada por ella en vez de engañarla?

—Jeremy, hijo mío... —me llama al agacharse y tocarme el hombro. Lo miro de reojo, no le contesto, y él insiste al llamarme nuevamente—: Jeremy, ¿podemos hablar? —su aliento a Vodka me llega a la nariz, y me hace racionar.

—¿Es cierto lo que acabo de ver? —trago saliva—. ¿Le estás siendo infiel a mamá? —asiente, manteniendo la mirada baja.

—Jeremy, hablemos de esto en casa, ¿sí? —me da una palmadita en la espalda como consuelo.

—No, papá, esto no es justo.

Me levanto del suelo, molesto me voy corriendo a la mesa donde está Olivia. Ella de inmediato me acompaña afuera al verme disgustado, decepcionado y traicionado. De un momento a otro, veo que papá viene hacia mí, que no dudo en correr al estacionamiento.

—¡Jeremy, Jeremy! —sube su tono de voz—. ¡Benjamín! —ya se enojó. Veo que está en medio de las escaleras de la entrada, acompañado de su mujer detrás de él.

—Dime, papá —respondo al tomar mi casco. Olivia me comenta que irá al tocador antes de irnos.

—¿Piensas en divulgar esto? —contesto a su pregunta, pero me impide a hacerlo, al mismo tiempo noto que la mujer se retira junto a Olivia—. ¿No sabes lo miserable que soy con tu madre para que me hagas esto?

—No es el tema que debes tocar ahora. Si es así... ¿Por qué no te divorcias de mamá? —le reclamo a la par que me apoyo con los brazos cruzados en la moto.

—¿Crees que es fácil? —me mira disgustado—, ¿sabes lo caro que es? Sí, me puedo divorciar con la única condición de que le entregue la casa a tu madre. ¡No voy a perder mi casa, tampoco quiero perderlos a ustedes!

Reflexiono un momento, debería ser compresivo con papá. De todas maneras, debo honrarlo y respetar sus decisiones a pesar de que me afecten de una manera u otra.

—Papá... —me rasco la quijada—. No quiero verte siendo un miserable, pero... Debes decírselo —el famoso silencio incómodo nos invade, y la brisa fría nos pasa de largo.

Papá se sienta en la escalera, rendido, me responde:

—No. ¿Por qué? —me reclama—: ¿No puedes guardar mi secreto como yo lo estoy haciendo con el tuyo? No todo puede girar en tu entorno, Jeremy. También tengo una vida.

No pensé que eso vendría de papá, de la persona que más admiro y quiero en el mundo. No sé qué más duele, saber que tu papá es infiel o.... tener a tu padre diciéndote la verdad en la cara.

—Creí que eras diferente, papá —me voz se quiebra.

—Esto es una idiotez —se levanta de la escalera—. Jeremy, por favor ve a casa... No quiero tocar este tema contigo, odio ser así, pero... debo decirlo... Lo que haga con mi vida, es mi asunto.

—¿Austin lo sabe? —se queda callado—. Entonces, sí, ¿también la abuela?

—¿Para qué mentirte? Sí, lo sabe —frunzo el ceño—. Jeremy, hijo mío, ve a casa, ¿sí? —suplica al darse la vuelta e irse al bar.

Dibujar en la arena es un método de relajación que he practicado desde pequeño, para despegar la mente de tantos problemas que me atormentan. Suelo dibujar cosas como: Estrellas, nubes, mi nombre en mayúsculas y una casa, con los cincos dibujados de bolitas y palitos.

No he hablado con papá ni con la abuela desde hace dos días, ni siquiera para decirle los buenos días, ha sido algo difícil de lograr, pero pude contenerme. A pesar de que se haya formado un ambiente pesado por mi culpa, he tratado de estar positivo mentalmente pese a todo. No por un error de mi padre, la vida se va a acabar, tengo que pretender que nada ha pasado, cuando la realidad es otra.

Olivia se fue a los días siguiente porque tenía que ir a la escuela, mientras que nosotros seguimos aquí pasando las vacaciones; siento que en todo el viaje, los únicos que han disfrutado de él, han sido Jeremiah e Iral. Incluso hoy que están a unos metros de mí, manejando motos acuáticas a la misma vez que hacen competencias entre sí.

Me levanto de la arena, camino por la orilla con los pies repleto de arena mojada, el pelo empapado y el bañador algo pesado por el peso de la arena. Levanto la vista, veo el sol yéndose, dejando iluminadas las olas de color naranja.

—Jeremy, hijo —escucho la voz de mi abuela en mi espalda. La miro de perfil y, me quedo sin decirle nada—. ¿Sabes que es tu último día aquí, no? —asiento—. ¿Entonces? ¿Por qué no me quieres decir nada? No tengo la culpa de que tu padre haya sido un infiel.

—Es un infiel, todavía lo sigue siendo —aclaro al girar para mirarla.

—Jeremy, quiero que tengas un buen recuerdo de la playa antes de irte, porque sé que ya no volverás —me siento en la orilla, mi abuela procede a hacer lo mismo, pero con más dificultad.

—Abuela, no quiero tocar el tema de papá —suplico.

—No vine hablar de él.

—¿Entonces qué haces aquí? —mi abuela reacciona al lanzarme arena mojada en el rostro.

—Jeremy, quiero que sepas que nunca es tarde para decirle a tus seres queridos que los amas, únicamente cuando pasan a mejor vida, ¿qué ironía, no? —me agarra del hombro—, si tu padre te ha apoyado por cosas que ni siquiera le gusta, ¿crees que no se siente traicionado por no tener tu apoyo?

—¿Quieres decir que debo apoyar una sinvergüenzura como esa? —Me juzga con la mirada.

—Jeremy, ¿sabes que tu mamá también le es infiel a tu padre? ¿No? —abro los ojos de impacto—. ¿Piensas que el matrimonio de tus padres tiene algún futuro? Llevan años en ese mismo rol.

—¿Es verdad lo que dices? —voltea sus ojos.

—Es más que verdad, la única razón por la que siguen juntos, es por ustedes —suspira al tomarme de la mano—. Para que no les faltara el amor de ambos, pero ahora... Ya estás por convertirte en adulto, ¿crees que te afecte su rompimiento a pesar de que estarás a millas de ellos?

Lo pienso por unos segundos mientras la brisa despeina mi cabello, observo a los chicos en las motos y noto que papá nos mira desde el otro extremo de la playa. Sólo una idea ronda en mi mente: todo terminará este verano; nada será igual, aunque dudo que algo realmente cambie.

Si me voy de casa, ¿qué me afectaría que ya no estén juntos si no estaré ahí para verlo? Ya no soy un niño al que tengan que explicarle cómo funciona la vida. Lo que cuesta aceptar es verlos con otras personas que no sean ellos.

—Abuela —dejo caer mi cabeza sobre su hombro—, será difícil verlos con parejas distintas. Además, no sé si vaya a la universidad o me mude del país.

—Me sorprende lo seguro que estás de negar las cosas, cuando ni siquiera han pasado —me peina—, te pareces a tu madre en ese aspecto. No seas así, lo que dices, se cumple; cuida tus palabras.

—No me quiero parecer a ella, quiero que ambos sean felices, a pesar de todo.

Terminamos nuestra conversación al percatarnos que papá se sienta a mi lado. Me mira con una sonrisa de oreja a oreja, y me despeina el cabello, mi abuela lo reprende por deshacer el peinado que me hizo.

—¿No nos podemos quedar más? —papá se echa a reír.

—Debo trabajar.

Papá no menciona nada más, me agarra del torso y me lleva hacia el agua. Al alcanzar cierta profundidad, me suelta, y cuando salgo a la superficie, ambos nos reímos.

De repente, veo a mi abuela regresar a casa. La paso por alto y me concentro en disfrutar el momento con papá, justo cuando los chicos llegan para unirse a nosotros. Nos lanzamos al agua desde las piedras, que funcionan como una especie de catapulta. Al final del día, nos dirigimos a un acantilado a esperar la oscuridad, para despedir todo lo bueno y malo que nos haya pasado.

Capítulo 18:

La muerte es lo que menos espera venir los seres humanos, nadie te prepara para el dolor ni mucho menos para calmar el momento para afrontar la situación. La abuela murió días después de regresarnos de la casa de la playa, murió feliz según mis tíos que la encontraron en su habitación. Hoy es su funeral, todos estamos aquí presente.

Estamos en la primera fila de asientos presenciando los últimos momentos de la misa que tienen para ella, al ver su foto alrededor de flores blancas, me llega un sentimiento. Donde no creo que se haya muerto, al mismo tiempo sí, ya que es lo que quería desde que se enteró que estaba enferma.

Miro hacia atrás a las otras bancas, veo en una esquina a Olivia llorando, quebrada en llanto al estar al lado de, quien supongo, es su padre. Quito la mirada por respeto, y dejo caer mi cabeza sobre el hombro de Austin, quien calma a papá al sobarle la espalda.

Antes que mi abuela muriera, dejó nuestros esmóquines listos para el baile e inclusive, según papá, nos tiene una sorpresa cuando nos graduemos. Con esta situación presente, ni siquiera quiero pensar en ello.

Lo único que me viene a la cabeza es no haber seguido su consejo: *'nunca es tarde para decir te amo'*. O como sea que lo haya dicho, aunque no tuve tiempo de decirle cuánto la quería. Dudo que fuera necesario, por el hecho de que las acciones hablaron por sí solas. La voy a extrañar mucho. Desde el principio me mentalicé que la muerte de mi abuela paterna dolería más que la de mi abuela materna, y acerté. Ahora lo siento desde que lo pensé. Hoy, no hago más que recordar nuestros momentos juntos, y los recuerdos compartidos con la familia se mencionan a cada rato.

Pasaron las horas, y me encuentro tumbado en una esquina del sofá de la terraza, todavía con la ropa del funeral, a excepción de los zapatos. Las canciones de la abuela suenan en el tocadiscos de la sala. Se reproduce una en especial: *"La Playa, de La Oreja de Van Gogh"*. La melodía me transporta a la casa de la playa, cuando era un niño y corría con el antiguo perro de papá. Recuerdo a mis hermanos molestándose entre ellos, el viejo reproductor de casetes en una esquina, y a mis padres observándonos mientras se abrazaban.

¿Cómo es posible que ya todo es un simple recuerdo, y no una costumbre entre años? Qué difícil es mentalizarse que todo es repentino, de un abrir y cerrar de ojos, todo se ha acabado. De lo que veíamos lejos, cerca está y lo que cerca estaba, lejos está ahora.

Mi abuela, era una persona quien no creía en el ayer, no se mortificaba por lo que era en un pasado. Tenía nostalgia de todas maneras, pero odiaba recodar sus errores, aunque solía decir: *"De ellos aprendes, y eres tu propia promesa del mañana, no puedes aferrarte a lo que fuiste."* Siendo honesto, me hará mucha falta.

—Qué bueno pensar que no soy el único que le gusta esta canción —comenta Jere al tumbarse en el sofá, a mi lado. Me percato de que también sigue usando la ropa del funeral.

—¿Por qué no te has cambiado? —pregunto al jalarle la corbata de broma.

—No lo sé, no tengo ánimo de hacer nada —responde Jere al mirarme, inquiere—: ¿También sientes lo mismo?

—Sí, ese sentimiento me invade —ambos observamos las nubes grises de la noche.

—Aparte de ello, también tengo un sentimiento de no seguir creciendo, de quedarme adolescente para siempre —nos miramos uno al otro—. ¿Te imaginas a nosotros siendo padres? ¿Dos viejos con hijos? —nos reímos a carcajadas.

—No me quiero imaginar eso. ¿Qué serían nuestros hijos? ¿Primos? ¿Hermanos? ¿Primos hermanos?

—Los tres, más probable, hermanos —volvemos a reírnos.

—No quiero imaginarme con hijos por el momento —Jeremiah cambia de tema de la nada—: Oye, ¿puedo contarte algo? —asiento.

—¿Qué te pasa? —le pregunto al acomodarme para sentarme, así le presto más atención al momento de escucharlo.

—Creo que no quiero ir a la universidad este año, o quizás hacer algo productivo con mi vida —comenta al dirigir su mirada a un punto ciego.

Qué raro es escuchar eso de su parte, pero normal para una persona quien no lo conoce. Tal vez esté cansando de ser alguien quien no es, de ser el perfecto de la familia. Al fin dejará de lado la apariencia que lo rodea; tengo ese presentimiento.

—¿Qué te sucede? —lo miro—, ¿no te sientes bien contigo mismo? —Jere se incorpora del sofá, y va a una esquina a pararse allí al mismo tiempo que dirige su mirada hacia mí.

—Con tanta presión... —suspira—, con tanta presión, no sé qué estudiar o quién soy en realidad, pasar mi tiempo entero estudiando, ha consumido mis ganas de seguir haciéndolo. ¿Qué tal si soy un fracaso al final del todo?

Me levanto del sofá y me acerco a él para abrazarlo. Jeremiah, al soltar la tensión de sus hombros, simplemente me devuelve el abrazo.

—No vas a ser un fracaso, porque eres una buena persona —a mi oído me responde:

—Soy una mala persona, Jeremy, te he hecho la vida imposible.

—¿De qué manera? —inquiero al dejarlo de abrazar y regresar a mi puesto.

—De todas, sólo sé que me odias.

—No, no, no te odio, Jeremiah —me tumbo—. ¿Por qué lo haría? Eres mi hermano de igual forma —decido cambiar el tema—. ¿Qué deseas hacer con tu vida?

A Jeremiah se le ilumina los ojos:

—Quiero tomarme un año sabático —vuelve a sentarse a mi lado—, en algún país de Europa, quizás España, tal vez Italia.

—¿Aprender italiano...?

—Sí, incluso la cultura del país.

Nos quedamos un rato hablando; ese rato se ha convertido en más de tres horas. Esta es la plática de hermanos que necesitábamos desde hace mucho tiempo, reconectarnos el uno al otro es lo que mi abuela hubiese querido. A pesar de que me cuesta superar que ya no volverá nunca más, no escucharé sus consejos ni mucho menos su risa; simplemente se ha ido para siempre.

Queda menos de dos semanas para que termine la escuela, la mayoría de los chicos ni en el baile piensan, es raro que se haga un baile de graduados en una escuela de chicos según Iral. No había pensado en ello hasta que me dijo apenas inició la primera clase del día, las últimas semanas serán de entregar notas atrasadas y actividades de despedida.

En el club de natación, no termina así, sino que se extiende hasta el último día antes de la graduación. Como es martes, tenemos practica como de costumbre, excepto que la mayoría se ha ido, dado que ya han recogido lo requerido de las horas de labor social para graduarse. Los chicos que quedan, somos los cinco principales y Jeremiah quien ha querido despejar la mente al incluirse hoy.

Me sobre impacta que todo está por terminar, de un momento a otro, ya estamos por salir de esta cárcel. Aunque no me quejo, es diferente a mi escuela anterior, odio saber que tuve que soportar dos horas más de clases que en mi horario anterior.

—¡Jeremy! —me saluda Arnold al entrar al vestidor. Antes de cambiarme, chocamos puños como saludo—. ¡Tiempo sin verte! ¡Te ves diferente! —comenta.

Me miro en el espejo de mi casillero y le aclaro:

—Sólo me hice un corte de cabello diferente y me bronceé un poco los brazos.

Arnold se asoma y me mira de pies a cabeza.

—Te ves un poco más grande por el corte —verifico al mirarme nuevamente en el espejo.

—Tienes razón, quizás porque estoy a punto de cumplir los 18.

—¿Vas a hacer algo por tu cumpleaños? —pregunta.

Niego con la cabeza

—No tengo ni idea —aclaro—: Debo consultar con Jere. Puede que celebremos mi cumpleaños en un restaurante chino, ya sabes, con nosotros lo del club de natación.

En ese momento entra el entrenador Miguel al vestidor, entusiasmado termina de llegar con un sobre blanco grande en sus manos. Todos dejamos de hacer lo que hacemos para prestarle atención:

—¡Chicos! ¡Tengo muy buenas noticias! —del sobre, reparte certificados con nuestros nombres plasmados en ellos y además unos 50 dólares en efectivo—. Según el director, ya no deben participar en ningún otro torneo para ganar la beca, ¡ya la tienen!

Los chicos gritan de alegría, incluyendo a Jere, quien felicita a todos por el logro.

—¿Ya se terminó esto? —pregunta Iral al salir de la ducha.

—Sí. Bueno... ¿Quién quiere pizza? —concluye antes de irse—: Revisen su correo. ¡Felicidades por el logro, chicos! —Dirige su mirada hacia mí—. Oye, Walker, ¿ya te ganaste una beca, cierto?

Miro de reojo a Jeremiah, que está sentado en la banca ordenando su mochila. ¿Qué puedo decir? Debo ser honesto.

—Sí, hace... casi tres meses me confirmaron.

Me rasco la cabeza, incómodo, y le quito la mirada al profesor, enfocándome en ordenar mis cosas.

—Bueno, Jeremy... sólo quería confirmar —se aclara la garganta—. ¿Crees que puedas participar en un último torneo antes de irte? Es durante el baile, así que no podrás llegar a tiempo. Oye...

Entre más preguntas me hace, más incómodo me pone al tener Jeremiah alrededor. Ni siquiera le he comentado sobre la beca, para que el profesor Miguel arruine mi relación ya estable con mi hermano.

Tomo mi mochila, ya organizada, cierro la puerta de mi casillero y me quedo un rato observando al profesor Miguel, quien espera una respuesta pronta a su pregunta.

—Sí, creo que puedo. ¿Por qué me eligió? —demando, riéndome incómodamente.

—¿Puedes o no? —asiento—, eso es lo que quería; además, te he elegido por tu destreza —al caminar, antes de cerrar la puerta, me comenta—: Tienes un gran futuro, niño. Qué mala dicha que te conocí tarde.

—Gracias...

Cuando la mayoría de los chicos dejan el vestidor, opto por quedarme a conversar con Jeremiah. Miro a mi alrededor, notando lo vacío que está el lugar después de tanto tiempo. Las luces se apagan y todavía seguimos aquí. Odio admitirlo, no me gusta ocultar cosas después de haber estado estable con alguien, aunque ese era el propósito al principio.

Ya esa beca ninguno de los dos la necesita. Bueno, no sé si yo todavía la necesite; en cambio, Jeremiah ya tiene sus planes en mente. Se quiere ir a Europa, ¿por qué necesita una beca? ¿Quiere ir a Yale, sólo para presumir? No puedo pensar en eso sin antes haberlo escuchado. Desde su banca, Jeremiah me pregunta sobre la beca.

—Es una larga historia —bajo la mirada.

—¿Por qué? ¡Es algo bueno que te pasa! Estoy orgulloso de ti. ¿Te la ganaste por el club de natación de la escuela pasada, no es así? —inquiere al sentarse a mi lado.

Ojalá supiera que la beca que se ganó en realidad es la mía, por la que tanto me felicitan. No puedo decir ni tanto, apenas saben al respecto.

Bueno, me gustó mucho la empatía que duró poco entre nosotros. Duró más de lo que aposté conmigo mismo, que eran dos horas; al menos pasaron 34 horas.

—Jeremiah —voy directo al grano—: la beca que te ganaste ha sido mía todo este tiempo.

A Jeremiah se le borra la sonrisa.

—Bueno... ¿Resultó que todo mi esfuerzo valió para nada?

—Sí, pero... —suspiro—, mamá no hizo nada para recompensarte y papá, por la falta de empatía de ella, accedió para que me dieran la beca. Por tu parte, él aceptó endeudarse para pagar tu carrera.

—¿Cuál es el propósito de mamá? ¿Por qué tengo que odiarla por lo que hace? —se levanta de la banca y empieza a dar vueltas alrededor.

—Quisiera que cambiase; mas no podemos reparar a alguien que ya está cicatrizado —digo, llevándome las manos a los ojos y presionando los dedos en los huecos porque la presión recorre mi cuerpo.

—Vayamos a casa, no quiero pensar en ello —Jeremiah toma su mochila y, al estar frente a mí, concluye—: no quiero pensar en el futuro, que pase lo que tenga que pasar.

Al llegar a casa, le comenté a papá, desde el teléfono de su trabajo, que Jere ya sabía de la beca. Por una parte, queremos algo de paz y concluir este problema. Al final, tanto esfuerzo no vale la pena si no es lo que queremos; ninguno de los dos quiere aceptar la beca, a pesar de que finjamos ser uno del otro.

No tengo idea de qué va a pasar con mi vida después de la escuela, pero lo que tengo por seguro es que Jere se irá a Italia con el dinero que se suponía que iba a pagar la deuda de sus estudios. Quizás me vea trabajando, o tal vez... dando tutorías de programación básica por unos meses hasta que encuentre mi propósito en la vida. Hace unos meses tenía muchas cosas en mente; ahora estoy más confundido que en días anteriores.

Escuchamos el sonido de las llaves en la puerta. Bajamos corriendo; son nuestros padres y Austin, que acaban de llegar. Papá nos llama a la sala de estar. Al estar ahí, cierra las puertas y las cortinas. Se siente una tensión que nos rodea a todos, incluyendo a Austin, que aparentemente se tiñó el cabello de rubio.

—Ya sé lo que pasó con la beca... —dice mamá con su tono de voz quebrado—. Sé que ya saben que su padre y yo ya no nos llevamos como pareja, y queremos terminar con el estrés que nos rodea.

—Ve directo al grano, Joanne —papá decide sentarse—. Ya no quiero perder más tiempo contigo.

Mamá se da cuenta de que papá está decepcionado al estar a unos pies de ella, sentado en el sillón.

—Queremos saber qué harán con su futuro, y también queremos comentarles que vivirán conmigo hasta que pase la graduación —se aclara la garganta—. Luego, pueden decidir dónde vivir.

—¿Por qué ahora no puedo vivir con papá? —demando, cruzándome de brazos.

—Viviré en la casa de la playa, Jerry —aclara papá.

—Bueno, quiero vivir contigo.

Mamá se percata de que la estoy ignorando. Para llamar mi atención, aclara nuevamente su garganta. No me queda de otra que prestarle atención:

—Jeremy, necesito que se queden conmigo —dirige su mirada hacia mí. La miro de reojo para no ignorarla por completo—. En la casa de la playa no hay señal, no hay con qué pasar el rato. Es un lugar ridículo.

¿Un lugar ridículo? La abuela siempre la detestó porque, en su opinión, menospreciaba los lugares de los demás que transmiten paz. Como ella no la tiene, es imposible que entienda. ¿Qué necesidad tiene de comportarse así?

Siento que está fingiendo su voz para que nos sintamos culpables y estemos de su lado; no obstante, no lo logrará conmigo. Sabe que soy difícil de engañar. Ahora menos que nunca, especialmente porque ni siquiera me llamó para felicitarme por ganar el torneo pasado o para preguntar cómo había estado. No la soporto; la odio. Es la primera vez que se me viene a la cabeza ese pensamiento.

La odio, pero no de un modo que desee verla muerta. Es un sentimiento difícil de explicar. Lo que siento es la ausencia de una mamá verdadera que me apoyara en todo. Una con quien podría hablar sin incomodidades... donde tuviéramos un lugar lleno de amor. Con ella, tuve que buscar ese amor en personas con las que nunca imaginé interactuar.

—¡Mamá! ¿Por qué finges la voz? ¿Por qué no admites que eres una hipócrita? —suspiro—, bueno, siempre has odiado la casa de la playa, pero no deberías menospreciarla.

—No lo hago, sólo es un lugar... —impido que termine la frase.

—¿Un lugar qué? Ten en cuenta que allí solía vivir mi abuela, alguien quien sí me apoyó.

—¡Jeremy! —miro a Austin, quien me reprende, esta es la primera vez que está en mi contra—. ¡Cálmate!

—Jeremy, no quiero discutir, no me gusta —aclara mamá al verme directamente a los ojos.

—No, quiero que seas directa.

—¡Ay, Jeremy! ¿Qué quieres hacer con tu vida? Tienes una beca, ¡puedes aprovecharla! —se emociona.

¿Por qué tiene que emocionarse? Ni siquiera he confirmado que aceptaré ingresar a Yale. ¿Por qué no se ha emocionado por todo lo que he hecho en estos últimos meses?

He subido mis notas, cambiado muchas cosas de mí y mis resultados en el gimnasio son más notables. ¿Qué más debo hacer para impresionarla? Ahora, se da cuenta de la beca y sólo se emociona en lugar de felicitarme por ello. ¿Qué piensa ella? ¿Sin estudios vamos a ser un fracaso en la vida?

—No te emociones... —me levanto de mi asiento—, porque desde un comienzo no te importaba lo que hacía con mi vida. ¡Ah, ahora que sabes que gané una beca, te enfocas en mí! ¿Qué hay de Jeremiah? —señalo a Jere, que se mantiene callado.

—No deberías preocuparte por él, él estará bien —me impacta lo que acaba de decir.

—¿Y así, sin más? ¿Dejarás que haga lo que se le dé la gana sólo porque no obtuvo un logro? —asiente—. ¡Qué fastidio!

—¡Jeremy, compórtate! —grita Austin al levantarse de su asiento.

—¡Dejen de gritar, compórtense! —nos reprende papá.

—¡¿Papá, no ves que él solo está en una disputa!? —miro a Austin con una mirada asesina.

—Siempre lo supe, ¡estás a su favor!

—No sabes lo que dices, Jeremy —me advierte Austin.

—¡Vete al carajo, Austin! ¡Eres el peor hermano mayor del mundo! ¡Sólo la defiendes… —me golpea con un puño impidiéndome terminar la oración, caigo al piso, donde todos se acercan a revisar si estoy bien.

Me levanto del suelo sin decir nada al respecto, Austin intenta pedirme disculpa, mas, impido que lo haga. Trato de aclarar las cosas, y lo único que hace Austin, es estar en mi contra.

Subo a mi habitación, agarro una mochila y tomo algo de ropa. Papá entra a mi habitación, me priva que siga recogiendo ropa de mi armario, pero le hago caso omiso. Bajo las escaleras, y mi antigua bicicleta que está en la cochera, me subo en ella y pedaleo sin ningún destino en particular.

De mi nariz chorrea sangre; al pasarme la mano por las fosas nasales, la mancha por completo e incluso la sangre cae sobre la estructura de la bicicleta.

Llego a mi lugar seguro, a mi hogar, la casa abandonada de la playa. Arrojo mi mochila por doquier, me tumbo en la alfombra repleta de arena de la brisa y no hago más que llorar. Después de mucho tiempo lo hago, lo cual se me hace un poco extraño hacerlo, la última vez que lloré fue a los ocho años.

Al calmarme le mando una nota de voz a Olivia para encontrarnos aquí, necesito hablar con ella.

Capítulo 19:

Me despierto de una siesta después de un dolor de cabeza. Me levanto de la alfombra, y veo a mi alrededor por las ventanas que está repleto de nubes grises y el cielo también del mismo tono oscuro. Al parecer está por venir una tormenta; está lloviznando, la brisa se lleva consigo algo de arena y agua. Haciendo que esté saldo el aire.

Me siento en la hamaca y tiro todo sobre ella, donde voy a dormir esta noche, en lo que empaqué hay: Un par de calzoncillos, bermudas, camisetas y mis productos de uso personal. Es más que suficiente para sobrevivir estos días, meses o quizás años que me quede en este lugar.

Sólo la única desventaja de quedarme aquí es que no podré ir a la escuela, ya que no tengo el uniforme. ¿Dinero?, tengo unos treinta y cinco dólares que pueden que me ayuden a sobrevivir por tres días si consumo sopa instantánea de vaso con un medio litro de Coca-Cola sin azúcar. ¡Tengo todo resuelto! Es cuestión de no pensar mucho en el hambre ni mucho menos en la señal del internet.

Mis datos móviles se acabaron de agotar, ahora estoy incomunicado de todos, qué bueno... Antes de irme a tomar mi siesta, le reenvié un par de mensajes a Olivia, inclusive la llamé. Espero que lo haya leído, quiero quitarme esa preocupación de la cabeza, que es lo único que pienso por el momento.

Doy unas vueltas alrededor para distraerme por un rato; de todos modos, es una tontería, pues me aburro demasiado rápido. ¿Qué puedo hacer? ¿Escuchar música? Sí, sí, tengo descargadas varias canciones en mi teléfono.

Al momento de agarrarlo, me percato de que se ha quedado sin batería. Ni siquiera esta casa tiene electricidad. Obvio, está abandonada por una razón, ¿no?

Me vuelvo a tumbar en la alfombra, donde miro el techo agrietado y al mismo tiempo pienso que debí haberme traído algunos libros para pasar el aburrimiento. ¡Dios, no sé qué haré!

—¿Jeremy? —escucho que dicen mi nombre, al sentarme, noto que es Arnold, quien trae consigo una bolsa de comida china.

—Pensé que la casa estaba cerrada —me rasco la cabeza por la incomodidad—, ¿cómo estás?

—Jeremy, esta casa está hecha pedazos, literalmente tuve que entrar por el primer hoyo que hallé —aclara Cox. A continuación, prosigue a sentarse a mi lado—. ¿Estás bien?

—¿Cómo supiste que estaba aquí? —exijo al tener un tono de voz despreocupado.

—Eh... Olivia llamó a Iral, e Iral me mandó una nota de voz que necesitabas ayuda —lo miro—, le enviaste tu ubicación, por eso pude llegar aquí.

No le digo nada, observo como desempaca la bolsa de comida, como de ella saca dos cajas de comida de arroz frito con papas fritas. No he cenado, y me muero de ganas por hacerlo. Arnold, acto seguido, me entrega una caja, como agradecimiento, lo miro con una sonrisa de oreja a oreja.

Me lo he preguntado desde un principio, ¿qué hice para merecerme un amigo como Arnold? Aunque estoy un poco confuso, ¿por qué Olivia no llegó en vez de él? Supongo que debe estar ocupada.

—¿Te sientes bien? —pregunta, al mismo tiempo mira a su alrededor, se da cuenta de mi mochila vacía y mis pertenencias sobre la hamaca—. ¿Problemas en casa?

Me detengo de comer al escuchar su pregunta. Dejo mi caja de arroz a un lado, suspiro. Nunca le he contado mis problemas familiares a alguien, a excepción que sea alguno de mis hermanos, pero, soy el que siempre está para aconsejar o escuchar y mantenerme callado si es necesario; por otro lado, cuando me sucede... es tan extraño, ya que debo dejar la apariencia y hablar lo necesario, dicen que es bueno hablar con personas que sabes que no volverás a ver nunca más en tu vida, así para ahogar las penas.

—Sí, hui de casa —me rasco la quijada, pienso en qué decir para que no suene tan cruel lo que pasó—. Al parecer sólo le importo a mi mamá cuando logro algo académico.

—Te entiendo —añade—: Paso por algo similar, sólo que es con mi padre, no quiere aceptarme como soy —levanto una ceja al preguntar:

—¿Por qué...? —se encoge de hombros.

—No lo sé, incluso yo mismo me pregunto por qué no me auto acepto —me acerco a él.

—¿Qué te sucede?

—No, no, no puedo decirte, siento que todavía es algo muy privado —se decide por seguir escuchando mi problema—. Sigue contándome, ¿qué hay de Jeremiah, ya resolvieron sus indiferencias? ¿Qué te sucedió en la nariz?

—¿Por qué te preocupas mucho por mí, Arnold?

Arnold me quita la mirada y la dirige hacia la ventana, al cielo llovizноso. Por un largo rato nos quedamos callados, presiento que esto me involucra de alguna manera... Si es lo que pienso, me sentiré culpable de por vida. No quiero perder a Arnold, se ha vuelto mi mejor amigo, mi mano derecha. Lo quiero mucho, pero no quiero arruinar nuestra amistad así de simple. Sé que se sentirá incómodo y me dejará de hablar.

—Me gustas, Walker —murmura, al tragar saliva.

Me quedo sin palabras, sin alguna reacción. Era lo que suponía, lo sabía, mas, nunca quise pensar eso, no dejé que se me pasara por la mente en ningún momento. Siento que todo se ha desmoronado entre nosotros, el amor es el único culpable aquí. Las señales que él me daba, eran ignoradas.

—Arnold... —le toco el hombro—, no sé qué decirte...

—No te preocupes —se levanta de la alfombra y se va corriendo a la playa, donde ha comenzado a llover. Lo sigo, él empieza a caminar una cierta distancia hasta que grito su nombre—. ¿No ves que arruiné todo, Jeremy? ¿Qué? ¿No puedo sentirme culpable por enamorarme de un hombre?

Me cruzo de brazos, con el ceño fruncido, le reclamo:

—Pero tampoco puedes huir porque sí —Cox se sienta una piedra, al verlo desanimado, me acerco a él—: lamento cualquiera indicación que te haya hecho pensar que eras más que un amigo, perdón, mi mejor amigo...

—De todas formas es mi culpa —lo reprendo:

—No, no lo es, es normal que te sientas así —me siento junto a él—. No soy quién para juzgarte, te quiero tal como eres, Cox.

Decido abrazarlo, siento que su corazón late más de lo normal, está nervioso, lo hace saber por sus manos temblorosas. Le hago saber al susurrarle al oído que todo estará bien. Arnold, al dejar de abrazarnos, me consulta:

—Sé que tienes novia, pero... ¿Crees que haya alguna oportunidad de un nosotros en algún momento?

Al pensar en una respuesta, me da vueltas la cabeza. ¿Qué tal si le contesto algo que él malentienda? Le puedo decir que tal vez en un futuro... A pesar de que las probabilidades sean cero, ¿en serio? ¿Si es así, se conformaría por ser la segunda opción de alguien? Ni siquiera sé por qué estoy pensando en darle una oportunidad si no me gusta las personas de mi mismo sexo. Estoy seguro de ello, no tengo razón alguna para dudarlo... No me puedo obligar a amar a alguien que no siento nada en absoluto, no hay más que amor amistoso; no puede pasar de esa línea para mí.

¿Acaso no fue suficiente para el universo involucrarme en una discusión familiar ahora para estar en este lio? ¡El corazón y los sentimientos de una persona están en mis manos!

—Arnold —esto será más difícil de lo pensado—, puede que haya una oportunidad de un nosotros —suspiro al mantener la mirada baja—, quizás en un futuro no tan cercano —miento.

—No mientas, Jeremy —se levanta de la piedra y me juzga—: Sé que no lo harás.

—¿Entonces por qué me ruegas? ¡No me puedes obligar a amarte si no siento nada por ti! —los ojos de Arnold sólo reflejan decepción—, lo siento.... Debo irme.

Corro a la casa, me escondo de él y miro a través de un orificio de la madera podrida de la pared. Veo que Arnold se queda parado en medio de la playa, llorando; mientras avanza, se dirige a su auto. Enojado, trata de encenderlo; su auto se rehúsa. Hasta que, por fin, enciende y se va de aquí.

Lo siento mucho por Cox, pero más lo siento por mí, por ser tan amable y hacer que los demás confundan un simple gesto amistoso con un coqueteo. ¿Qué se supone que haga ahora? Lo perdí por completo, así de simple... Ya no... lo volveré a ver como un amigo, sino como alguien que está enamorado de mí.

Ignoro el tema, y me dirijo a la hamaca para acostarme en ella. De repente, escucho un ruido, puede que sea Olivia quien acaba de llegar. Efectivamente es ella, llegó en su auto; está a unos pies de mí. Desde lejos me nota que estoy parado en la entrada de la casa y se dirige hacia mí. Veo como sonríe al verme, ¡Dios, cuánto la amo! Al llegar donde mí, me abraza y me acaricia la espalda.

—Vi a Arnold, llorando en la estación de gasolina —comenta Olivia al dejarme de abrazar, tiene su mano detrás de mi oreja.

Miro a Olivia y me quedo callado. Sería humillante tanto para Arnold como para mí decir que lo rechacé de la peor forma posible, y saber que Olivia lo encontró llorando en la estación de gasolina por mi culpa me hace sentir como un monstruo sin sentimientos. Temo que se haga daño a sí mismo, aunque no creo que él sea capaz de hacerlo.

—¿Sí? —disimulo—: No sabía que estaba por aquí. ¡Qué raro! Estamos a kilómetros donde vive. —Olivia me juzga con la mirada.

—¿Me puedes decir qué pasó entre ustedes? —se cruza de brazos.

Aunque me apunte con un revólver en la sien, no diré el motivo. Quiero que sea algo entre nosotros dos, lo dudo, conociendo a Arnold, sé que se lo contará a alguien cercano. ¡Vaya! Apuesto a que me ganaré el odio de una persona que ni siquiera me conoce.

—Nada pasó, Olivia —añado al sentarme en la escalera—: Quizás se haya sentido o algo por el estilo, qué sé yo —sí sé lo que pasa.

—¿Qué te sucedió la nariz? —levanta mi quijada con dos dedos.

—Tuve una discusión con mi hermano mayor —contesto.

Olivia, como acto seguido: se sienta a mi lado y de su bolso, saca alcohol y pedazos de papel.

—¿Por qué los hombres tienen la mala costumbre de golpearse en el rostro? —sugiere—: ¿No pueden golpearse... qué sé yo... en la espalda? —miro serio a Olivia.

—Olivia... es la primera vez que Austin... me... golpea así de rudo.

—¿Qué sucede en casa, bebé?

—Tengo problemas familiares, Olivia. No quiero hablar de ello. Lo único que me traen son malas vibras —bajo la mirada.

—Ay, Jeremy —me acaricia—, sé que no quieres hablar de ello. ¿Vamos a la fiesta de Iral? —abro los ojos del asombro.

—¿Iral? ¿Una fiesta? —se echa a reír.

—Sí, debió haberte dicho, pero tienes el celular apagado —insiste—: ¿Vamos, vamos, vamos?

—Está bien —me huelo la axila—, debo bañarme —me levanto de la escalera para irme directamente a la sala; justo antes de ir, Olivia me detiene al llamarme.

—¿Con qué agua te vas a bañar? —lo pienso.

—De la playa... —Olivia da un vistazo a la playa, dirige su mirada hacia mí y no hace más que juzgarme.

—Te vas a quedar en la casa de Iral. No puedes quedarte aquí, aunque no dudo que eres capaz de hacerlo.

—Olivia, ¿dónde me baño?

—Vamos a la estación de gasolina.

Antes de llegar a donde es la fiesta de Iral, me defino los rizos y me ajusto la camiseta gris de mi padre, le gusta mucho el rock y a mí me gusta el estilo de la camiseta. Me vestí lo más cómodo posible: con una bermuda azul marino y mis zapatillas con calcetines largos y blancos.

Al mismo tiempo que me roseo desodorante corporal, Olivia maneja, quien no duda en quejarse por el olor a chocolate. Me echo a reír, y la beso en la mejilla, ella me reprende porque está manejando y se puede desviar de la autopista.

Acordando con Olivia, la fiesta de Iral es en la hermandad de su hermana en la universidad, llevamos más de media hora en el auto y todavía no llegamos. Espero que la universidad no sea al otro lado del estado.

—¿Cenaste? —pregunta Olivia, niego con la cabeza, Olivia me entrega un taco de pollo.

—Tiene muchas calorías.

—Lo sé, es por eso que no lo quiero.

—Entonces... ¿por qué lo compraste? —me rasco la cabeza.

—Papá no sabe que... me estoy saltando las comidas, no quiero verme obesa.

—Olivia, ya estás delgada, no entiendo —la juzgo.

—Quiero lucir como Lana Del Rey —me guiña un ojo—, ¿no notas que me alisé el pelo? —la miro de pies a cabeza, está demasiado de *sexy* para ser verdad, ese vestido de cuero negro, me vuelve loco.

Llegamos donde aparentemente es la fiesta. Nos estacionamos y desde el auto, me percato de como llegan los chicos del club a buscarme. Entre Miller y Ramírez, me toman de los brazos e Iral me agarra las piernas, ellos me llevan cargado hasta la entrada de la hermandad. Al bajarme, Iral grita al anunciar que llegó el que los ayudó a conseguir la beca. Todos me aplauden y alardean, me sonrojo; mi reacción es una gran sonrisa plasmada en mi rostro.

—¡Jeremy Walker! —me continua alardeando Iral, este ya está pasado de copas. Iral me toma alrededor de mis brazos y me lleva a la mesa de tragos—. Oye, amigo mío, ya sé qué pasó entre... tú y Cox.

Se me acelera el corazón.

—¿Qué pasó? —inquiero, luego agarro una lata de *root beer* del montón de la mesa.

—Sé que Arnold gusta de ti —da un sorbo a su cerveza—, luego lo rechazaste —me muero de la vergüenza—, ¿sabías que Arnold es bisexual, no? —niego con la cabeza.

Reprocho:

—¿Por qué no me lo dijiste desde un comienzo? —abro mi lata de cerveza, veo como sigue bebiendo, luego me responde:

—Tiene cara de bisexual, ¿no lo notaste? —añade—: En cambio, tú eres heterosexual hasta por la manzana de Adán.

—Iral, no seas ridículo. —nos dirigimos al patio trasero, donde nos encontramos con la mayoría de nuestro salón. Iral, ordena que nos sentemos en unas sillas plásticas alrededor de la fogata—. ¿Estudiarás aquí? —niega.

—Iré a estudiar artes en España —aclara al abrir una cerveza qué no tengo ni idea de dónde la sacó.

—Ah... de acuerdo —decido guardar silencio hasta que Iral revive la conversación:

—Oye, ¿quieres ir a donde está tu hermano? —me quedo extrañado, ¿qué? ¿Jeremiah en una fiesta? ¿Desde cuándo?

—¿Mi hermano? —asiente—. ¿Mi gemelo? ¿El que nunca ha ido a una fiesta? ¡¿De verdad?!

—Jeremy... Tu hermano, sí, ¿quién más? —nuevamente entramos a la hermandad, vamos donde está Jere. A diferencia de mí, al parecer a Jeremiah le gusta mucho la sangría, me comenta Iral que ya es el séptimo vaso que pide.

Jeremiah nos nota y se acerca de inmediato. Está algo borracho, me da un abrazo fuerte, y su aliento a vodka impregna mi nariz cuando me suelta. ¿Cuántas copas habrá tomado? Sé que siete, lo dudo. ¿Desde cuándo está aquí?

—Oigan, los dejaré a solas —anuncia Iral al ver a una chica en una esquina.

—¿Vamos a un lugar más privado? —consulta Jere.

—Sí, claro, vamos —confirmo.

Nos establecemos en una biblioteca con ventanas transparentes, Jeremiah se tumba en un sofá y por mi lado, me siento una silla. Luego, me aburro y hojeo un par de libros de la primera estantería.

—¿Vas a regresar a casa, Jeremy? —pregunta al mirarme directamente a los ojos, sus ojos ya algo cansados por el alcohol.

Dejo el libro en su lugar y, de repente, mi estómago ruge; muero de hambre. Así no puedo hablar con Jeremiah. ¿Qué puedo hacer? Aguantar y fingir que puedo soportar el hambre.

—No creo que... regrese... por ahora —me devuelvo a hacer lo que estaba haciendo hace un rato, desde aquí veo que Jere sigue bebiendo, me acerco a él y le quito el vaso de sangría—. ¿Cuánto has bebido?

—Lo suficiente para olvidar que fingí ser perfecto.

Doy un gran suspiro, me tumbo a su lado, dejando caer sus piernas sobre las mías. Jeremiah está demasiado borracho para mantener una conversación, mejor dicho: está jodido y necesita calmar las aguas con alcohol. ¿En serio me veo así cuando bebo? ¡Soy un completo patán! A veces se me pasa por alto que Jeremiah es mi reflejo.

—¿Mamá te dijo algo? —asiente al cerrar los ojos.

—Jeremy, estoy cansando, no físicamente sino mental... ¡Ya no puedo más! —sólo lo observo quejarse, sin decir nada—. ¿Quieres saber algo? —me pregunta al sentarse.

—¿Qué me quieres decir, Jere?, estás muy borracho —hago señas con mis manos para confirmar que esté algo cuerdo—. ¿Seguro que no quieres dormir?

—Jeremy, escúchame —pide—. La abuela antes de morir me confesó algo —me intereso—, ella... te pagó la academia de natación en Italia por los seis años que te vas a quedar allá —me levanto del sofá, confuso.

—No, Jeremiah —me rio entre dientes—. Debes estar muy borracho para decir necedades —noto su seriedad—. ¿En serio? ¿Es verdad lo que me dices?

Le creo un poco debido a que los borrachos rara vez mienten.

—Jeremy, ¿no se te hace lógico? —se levanta del sofá y empieza a caminar por el lugar—. ¿La sorpresa que nos tiene papá cuando nos graduemos? Jeremy, me voy para Italia con el dinero que dejó la abuela y me voy más por ti... No me siento listo para dejarte solo. No me imagino la vida sin ti, no te quiero perder...

Se me viene una lluvia de ideas a la cabeza. Trato de recordar una palabra de una frase que mi abuela me dijo que está relacionado a lo que me acaba de decir Jeremiah. Empieza con la letra eme, ¿mar? ¿Metros? Está relacionado, algo cerca... ¡Ya lo recuerdo!: *"¿Crees que te afecte su rompimiento a pesar de que estarás a millas de ellos?"*.

¡¿Qué?! Es imposible entender lo que tengo en mente... Mi abuela estuvo planeando todo esto desde un comienzo, ¡vaya, qué inteligente fue la vieja!

Esto... Esto... Es increíble de creer. ¡Me iré a Italia!, «¡Gracias, abuela!». Pienso en voz alta, no dudo en abrazar a Jeremiah, empezamos a saltar de felicidad. A continuación, dejo la celebración de un lado y le presto atención a lo que acaba de decir Jere.

—¿No me quieres perder?

Jeremiah se vuelve a sentar en el sofá con la mirada hacia abajo me responde con la voz quebrada:

—Sé que te fastidio, pero no me quiero quedar aquí, quiero... un gran salto en mi vida —me siento a su lado para calmarlo.

—Jeremiah... ¿Estás seguro de que te quieres ir por tu propia decisión y no por mí? —aclaro—: No te puedes ir detrás de alguien más cuando tienes sueños por cumplir.

—Estoy más que seguro, Jeremy.

—¿Qué hay de Austin, papá y...? —se me dificulta pronunciar "mamá", así que la omito.

—Austin estará bien, él es el mayor por algo... y papá.... él quizás nos siga apoyando desde la casa de la playa.

—Si es lo que quieres, no me queda de otra que aceptarlo. ¡Nos vamos a Italia! —nos reímos a carcajadas.

Cambia de tema:

—Oye, iré a buscar algo de agua, ¿vienes conmigo? —acepto al salir con él.

Siento que me agarran y me llevan afuera, noto que es Olivia. Quien me pide que vayamos a su auto. Entramos en él, Olivia se acuesta en los asientos traseros, prosigo a hacer lo mismo y cerramos las puertas con seguro. Ella me pide que la bese en el cuello a la vez que mantiene sus piernas alrededor de mi espalda. Mientras que la beso alrededor de su cuello, torso y detrás de sus orejas; pienso en mi futuro en Italia.

En la vida que tendré allá, ¿dónde viviré?, pienso en los amigos que haré a lo largo del camino... En el idioma que no sé, quizás aprenda en unas semanas antes de irme. Sé algunas palabras y frases en italiano. Hola, se dice: "*Ciao*". Me llamo Jeremy sería: "*Io mi chiamo Jeremy*".

Estoy tan emocionado que no soy consciente de que Olivia me está acariciando el cabello. Me olvido de ello y mis pensamientos vuelven a centrarse en Italia. ¿Qué clases de cosas aprenderé allá?

Pienso en las postales que enviaré por correo a Austin, a papá y Olivia... ¿Olivia? ¿Qué le diré? ¡Ni siquiera había pensado ella! ¿Qué se supone que haga ahora?

Me detengo antes de besarla y caigo en sus brazos. Ella, al reaccionar, me abraza y me pregunta qué me sucede:

—Tengo que algo que confesarte —Olivia me pida amablemente que nos sentemos.

—También debo confesarte algo —comenta al poner su cabello de lado.

Antes de hablarle, me besa en los labios. La observo, contemplo su belleza, ya que probablemente esta sea la última vez que pueda verla a los ojos, decir que alguien realmente me amó. Si al aferrarse a un nuevo comienzo se deja atrás una parte de lo que uno fue, entonces esta parte de mí se irá también, lo sé.

No quiero arriesgarme a una relación a distancia, si debo hacerlo, tendré que mentalizarme para no poder sufrir en el proceso. No quiero que mi primera relación termine por una infidelidad.

—Jeremy —Olivia vuelve a decir mi nombre, esta vez me acaricia el mentón—: Jeremy, ¿en qué piensas? —Aparto la mirada del cielo estrellado y la enfoco en Olivia.

—¿También debes confesarme algo, qué es? —A Olivia se le ponen los ojos llorosos.

—¿Si nos confesamos a la vez? —asiento, aunque no estoy preparado, mis manos me sudan, lo cual es raro, dado que nunca antes me ha sucedido—. A la cuenta del uno al tres —contamos hasta el tres:

—Me iré a Italia.

—Mi padre no quiere que esté contigo.

Chocamos miradas, guardamos silencio de lo impactante que fueron nuestras confecciones. ¿Cómo que no soy el indicado para su padre? ¿Por qué?

Olivia es la primera en hablar después de lo que acabamos de escuchar:

—¿Te irás a Italia? ¡Me alegro mucho por ti, Jeremy! —le agradezco, intento preguntarle qué sucede entre nosotros, mas, no puedo hablar, mi voz está a punto de delatarme, mostrando que estoy a punto de llorar.

—¿Por qué, Olivia? ¿Por qué tu papá no quiere que esté contigo? ¿Qué hice? ¡Ni siquiera lo conozco! —me contengo de no llorar, puedo con esto, soy fuerte.

—Mi padre es de una religión rara —suspira—, no puedo estar con alguien quien no esté en ella.

—¿Y tú estás en ella? —inquiero.

—No, no lo estoy.

—¿Por qué debes aceptar?

—No sé por qué debo seguir sus reglas si mi madre es cristiana, si no sigo su orden... puede que me quede sin ir a la universidad a Francia —agrega—: ¿Sabes? Mi hermana mayor está saliendo con un señor que le dobla la edad, y mi padre no le dice nada. ¡No entiendo ese acto de hipocresía!, debo ser positiva de igual forma.

—Entonces... ¡Estaremos en el mismo continente! Pero tu padre... ¿Eso quiere decir que no mantendremos nuestra relación a distancia? —pregunto, con la voz entrecortada.

Ella niega con la cabeza, y su respuesta me pesa en el pecho, como si me estuviera quitando el aire. No entiendo por qué reacciono así, si es lo que quería. Soy un inconformista, eso es todo.

—No, no podemos aferrarnos uno al otro —me dice, agarrando mis manos con fuerza, como si no quisiera soltarme. En sus ojos veo toda la tristeza que siente—. Ambos tenemos sueños que perseguir, y no quiero que uno de nosotros sacrifique su futuro por el otro. Te amaré por toda mi vida, Jeremy. Si algún día nuestros caminos se cruzan, quiero que sepas... que me enamoraré de ti en cada una de las versiones que serás.

—¿Segura? —la juzgo.

Llora y al mismo tiempo se echa a reír a carcajadas:

—Jeremy, me arruinas el momento —me abraza y siente mi perfume por el cuello, me susurra al oído—: Te amo, Jeremy.

Al dejar de abrazarme, evito quedarme con la duda:

—¿Entonces, este sería nuestro fin? —pone su mano sobre mi pecho, el lado del corazón.

—No, por ahora —cambia el tema—: Oye, ¿sabes? Nunca oficializamos nuestro noviazgo.

—El tiempo pasó tan rápido que no nos dimos cuenta.

Nos quedamos acostados en los asientos de su auto, en silencio para disfrutar nuestra propia presencia. Incluso lloro en silencio sobre su pecho; supongo que permaneceremos así por horas, hasta que Iral decida irse a casa.

Son las cinco de la mañana, y sigo sin dormir. Veo a Jeremiah e Iral dormidos como osos panda, y veo mi reflejo en el espejo del baño. Me percato de lo cansado que estoy, este día ha sido, exactamente ayer... Ha sido unos de los peores de mi vida.

No creí romper tan rápido con el amor de mi vida. Sé que es el amor de mi vida porque no me volveré a enamorar como ahora, que tengo 17 años.

Voy a la cama, me tumbo y lloro una vez más en silencio, luego me pongo a revisar mis mensajes de texto para olvidar un poco lo que pasó, en unos de ellos me encuentro una nota de Arnold. No dudo en abrirlo y leerlo:

"No entiendo la idea del porqué te sigo esperando a que me des una respuesta, el destino fue claro conmigo; mi propósito era conocerte, mas no tenerte".

Cierro el mensaje, lo paso por alto e intento dormir. Tantas cosas que me han pasado en menos de un día, ¡es un nuevo récord! ¿Dónde está mi reconocimiento Guinness? ¿A quién engaño? El mensaje de Arnold me identificó demasiado que siento que sabe que estoy pasando por la misma situación que él o peor.

Capítulo 20:

Llevo más horas despierto de las que alguna vez lo he estado. Es imposible saber si el ardor en mis ojos se debe a la falta de sueño o al exceso de alcohol; no sé cuál de los dos es peor. A pesar de que el brillo de mi teléfono me mantiene los ojos cansados, es imposible caer dormido, aunque hace unos quince minutos me quedé dormido y desperté de inmediato por el ruido que hizo Jere al patear la pared, estando dormido.

Se me hace tan difícil levantarme de la cama; es tan cómoda que me fastidia no haber podido conciliar el sueño. Ya me duché y me arreglé lo mejor que pude porque son casi las doce del mediodía y, según Jeremiah, Austin nos viene a recoger para ir a casa. Por mi parte, no sé si quiera irme con ellos; no me siento listo para ir a ese lugar, ni mucho menos para enfrentar a mis padres.

Hay un sentimiento dentro de mí que aún no logro expresar. Lo único que me transmite es una mezcla de ira, tristeza y depresión. Supongo que es frustración. En estos momentos, prefiero guardar más silencio que nunca a que alguien me dirija la palabra. Si lo hacen, no sé cómo reaccionaría al respecto; por el momento, optaría por mantenerme alejado de todos. De esa manera, evito más percances de los que ya tengo.

Al salir de la casa de Iral, le he pedido unas gafas de sol para evitar quemar mis retinas y para no tener que mirar directamente a los ojos a Austin. Al acercarme a su auto, guardo mi mochila en la cajuela y la cierro con rabia, lo que provoca un regaño de Austin, quien me obliga a sentarme en el asiento del copiloto. Intento resistirme, pero Jeremiah me recomienda que lo haga, así que accedo a sentarme.

Mientras Austin maneja con una mano, yo me rehúso a mirarlo, ni siquiera de reojo. Tengo la intuición de que él sí lo está haciendo, así que comienza a sacarme conversación, pero le hago caso omiso y sigo observando el paisaje de los árboles en la carretera. Me parece raro que haya tantos árboles. ¿Es esta la carretera a casa? No creo que lo sea; igualmente, no hay atajo ni otro camino para llegar allá. Me hago la idea de que quizás vamos hacia un compromiso de Austin.

Por acto seguido, Austin dobla hacia una calle que nos lleva a un puente sobre agua dulce. Llegamos a un lugar donde hay una cabaña de piedra en una esquina y un largo muelle de madera que se adentra en el lago.

Veo que Jeremiah baja del auto y espera que haga lo mismo. Me niego a hacerlo y pido que vayamos a casa de inmediato, a lo que Austin responde que no lo hará.

—Austin, me estoy muriendo de sueño —me quito las gafas para ser creíble—: Por favor, te lo suplico.

—Benjamín, baja del auto, por favor —pide Austin al cruzarse de brazos.

Lo juzgo al bajarme obligado, azotando puerta del auto:

—¿Por qué? ¿No notas que no deseo hablar contigo?

Austin me ignora y me agarra del torso, llevándome a un lugar que desconozco; muevo las piernas para que me suelte, pero él lo impide sujetándome con más fuerza. Finalmente me baja, y noto que estamos en la orilla del muelle.

Miro la madera mojada, oxidada, y cubierta de moho verde. Me vuelvo a poner las gafas de sol y lo miro fijamente, ¿qué carajos se supone que hagamos aquí? Aparte de que hace frío, el sol me está quemando el brazo izquierdo.

—Sé que no quieres saber nada de mí, Jeremy —pone las manos en los bolsillos de su chaqueta—, pero te pido perdón. Estoy consciente de que actué mal.

Odio este tipo de disculpas, donde te abrazas con tus familiares como si nada hubiese pasado. Como le tengo cariño a Austin, lo pasaré por alto y aceptaré cualquier disculpa que me diga.

—Me odio por tener que aceptar tus disculpas —Austin me despeina con cariño, luego me abraza con fuerza—. ¿Por qué me trajiste hasta aquí? ¿No era más fácil llevarme a casa?

A continuación, Austin deja de abrazarme, coloca las manos sobre mis hombros y me dice:

—Alguien te debe una gran disculpa, Jeremy —añade al quitar sus manos—. Es por eso que te traje aquí. —Dejo de mirarlo y enfoco mi mirada en la dirección de sus ojos, que se dirigen hacia el inicio del muelle, donde está mamá, vestida con un vestido blanco con flores azules.

—No, no, no quiero estar más en sus juegos mentales —advierto al intentar huir al notar que mamá se acerca a nosotros, pero Austin me impide dar un paso al sostenerme del brazo.

—Jeremy —me niego a escucharlo—, ¿te vas a ir del país sin escuchar las disculpas de mamá? —Me quito las gafas una vez más; aun así, es algo imposible de hacer, dado que el resplandor del sol me quema las retinas.

—¿Qué si me voy del país? —reprocho—. Me vale un bledo lo que me tenga que decir; el daño en mí ya está.

—Jeremy, mi bebé —quedo en silencio al escuchar, después de mucho tiempo, el apodo que mamá solía llamarme cuando era un niño.

—¿Por qué me llamas así? —la juzgo con las manos en mis caderas—. ¿Cuál es tu propósito con ello? ¿No ves que me fui de casa, de la casa de mi papá, para no saber nada de ti? —Nuevamente intento irme, y de nuevo Austin me detiene. Suspiro y doy media vuelta—. ¿Qué? ¿Qué tienes que decir?

Mamá da un gran suspiro y se sienta en una banca, pidiéndome que me siente a su lado. Ruedo los ojos, a pesar de que acepto su petición. Austin nos observa desde su lugar, mientras Jeremiah, desde la cabaña, nos avisa que estará en el auto.

—Jeremy, sé que cometí un gran error al dejarte de lado y no prestarte atención cuando más lo necesitabas —intenta tomarme las manos, pero la detengo—. Perdóname por dejar que mis traumas te afectaran de una u otra forma. El viaje a Costa Rica me llevó a tomar terapia para enfrentar mis miedos, y aún hoy sigo en tratamiento.

Mamá quiere seguir hablando; no obstante, impido que lo siga haciendo.

—Ya es muy tarde, puedes salir con las excusas que quieras, aunque no vas a cambiar nada —aclaro—: Bueno, de la noche a la mañana no, dicen que el pasado no te define como persona, y al parecer eres el claro ejemplo de que sí lo define.

—¿Por qué, Jeremy? —me pregunta al notar que tengo los ojos cansados.

—Porque arruinaste a una familia que tuvo que arreglarse por su propia cuenta —pongo la mirada hacia abajo—, la comparación, la infidelidad y el favoritismo, ¿crees que eso no hace daño? —la juzgo al levantar la mirada—: Puedes hacer todo lo que quieras para curarte, no me vas a convencer de que has cambiado.

Me levanto de la banca, camino unos pasos y Austin me grita al llamarme por mi segundo nombre. Permanezco de espalda, atento a lo que quiere decirme.

—Sé que es muy tarde, Jeremy —la miro de perfil, noto que también se ha parado del banco, quito la mirada—, aún es tiempo para sanar las heridas. Por eso me voy a internar, y si me toma años, lo único que quiero es que no haya una barrera divisoria entre nosotros.

La paso por alto y sigo derecho al inicio del muelle. De repente, mamá me grita con la voz quebrada:

—Te amo, Jeremy.

Me detengo otra vez y acelero el paso hacia ella, dejándole en claro:

—Yo no —me rasco la quijada—, no puedo amarte, ni siquiera quererte; solo puedo tenerte un poco de cariño por lo que fuiste antes. Algunas madres dicen que amaban a sus hijos cuando eran bebés; ahora que son adultos, se arrepienten de que el tiempo haya pasado. Pero tú... Sólo es de extrañarte cuando se trata de la mamá que me vio crecer, no de esta.

—Jeremy... —extiende sus brazos para acogerme. Me aparto lentamente, incapaz de soportar el contacto físico con ella, ya que he encontrado refugio en otras personas.

—No, mamá —me sale una lágrima del ojo—, me estás arruinando la vida. Espero que te vaya bien en terapia o lo que sea; por ahora, déjame hacer mi vida.

Corro hacia el auto, hacia los brazos de Jeremiah, y lo abrazo para calmar la tensión que siento dentro de mí. Llega Austin detrás de mí y se une a nuestro abrazo. Al oído, me susurra:

—Hiciste tu mayor esfuerzo, ¿está bien? —Dejan de abrazarme y, al subir al auto, me comenta—: Vamos a casa; mamá estará bien.

Por lo que tengo claro, mamá se va a internar por unos años para finalmente sanar de los traumas que vivió con sus padres, quienes la obligaban a llevar una vida perfecta sin cometer errores. Quizás nunca pudo establecer un límite en su relación con nosotros una vez que dejamos de ser niños. Ojalá se recupere pronto, no quiero verla así.

Y no tengo a quién culpar, es algo que viene desde hace mucho. Sus antepasados pasaron por lo mismo y siguieron el patrón, y a papá también le ocurrió, aunque él supo apagar la llama que seguía la fila de fósforos.

Lo único que se me ocurre culpar es al machismo, que se manifiesta de maneras sutiles que a menudo no vemos. Está presente en casi todos los aspectos de la vida y afecta a hombres y mujeres por igual, sin importar su edad o estatus. Se supone que para este siglo ya debería haber desaparecido; sin embargo, se ha adaptado a nuestra época. Ahora lo llaman "equidad" o "justicia social", aunque al final es lo mismo: son reglas que determinan cómo vivimos y quién tiene el control. Nos hacen creer que estamos avanzando, cuando en realidad seguimos atados a las mismas cadenas. El machismo se ha vuelto más sutil, escondido y tan común que parece formar parte de todo.

Días después. Los días siguen su ritmo y nosotros apenas nos hemos adaptado a ellos. Papá decidió quedarse con nosotros y Austin se mudó de vuelta a casa para tener apoyo entre nosotros mismos. Hemos redecorado la casa como una cueva de hombres, como papá la llama. Oficialmente, papá ha empezado el trámite de divorcio; por suerte, mamá aceptó antes de internarse.

Por lo que sé, después de cinco meses, podremos visitarla. Supongo, que el único que lo hará será Austin, dado que estaremos en... (ya no debo decirlo), todos ya saben a dónde nos iremos Jere y yo.

Por mi parte, he decidido rechazar la beca en Yale. Sé que muchos se decepcionarán por rechazar la oferta de una de las mejores universidades del mundo, pero estoy convencido de que allí no está mi propósito.

Mi excusa es que encontré una academia en Italia, aunque en realidad estoy aquí con la consejera Betty, contándole todo lo que me ha sucedido para tener una razón más creíble. Después de que los graduados se hayan ido, he decidido acudir a la escuela para confirmar que no iré al baile debido a la competencia que tengo mañana y por otras razones.

La consejera Betty está frente a mí, sentada en su escritorio, rodeada de su computadora portátil y una pila de libretas de estudiantes atrasados, mientras yo estoy en un banco con los brazos cruzados y los pies extendidos.

—¿Entonces? ¿Ese es el motivo por el cual no quieres aceptar la beca? —asiento al montar mi pierna encima de la otra. La profesora Betty se quita las gafas y las deja en una esquina—. Bien, es una decesión muy valiente y arriesgada de tu parte, pero gracias. Así, otro estudiante en lista de espera tiene la oportunidad de entrar.

Detengo la conversación al no responder nada; miro a través de la ventana a los pájaros que vuelan y aterrizan en las ramas de los árboles, donde tienen sus nidos. Luego, desvío la mirada y la mantengo sobre la profesora Betty.

—¿Cree que hice lo correcto al no aceptar las disculpas de mi madre? —llamo su atención al detenerse de escribir. Ella lo piensa por un momento y luego suspira.

—Quizás, con el tiempo, aceptes a tu mamá tal como es —sostiene su quijada con su mano derecha—. Tal vez estás en una etapa de autoaceptación. Todavía eres un adolescente, tus emociones aún no la conoces y cada vez que pase el tiempo, sientes algo distinto.

Me rasco la nariz, pienso un momento, y pregunto:

—No soy de contarle mis problemas personales a los profesores, pero... ¿Sus traumas me afectaron? —me mira fijamente—. ¿Soy buena persona al rechazar a alguien? ¿Soy un buen hermano? ¿Cree que soy tan atractivo para que mi novia me deje por una religión?

—la profesora Betty se ríe suavemente al escuchar varias preguntas a la vez—. Está bien, responda una por una.

—¡Ay, Jeremy! —me sostiene la mano—. Aunque no lo creas, los traumas, las palabras y acciones de los padres… sí afectan en la personalidad de los hijos, y así como son, también quieren respeto cuando ellos no cumplen con la acción. Sólo mira el caso de los hermanos Menéndez, el carácter de los padres afectó sus conductas y actos. Lo llamaron psicópatas y locos; ¿crees que los padres no perjudican a los hijos por sus malos tratos? —aclara—. Dime un ejemplo: ¿Qué crees tú que tu mamá te haya ocasionado por sus traumas?

Trago saliva, pienso y analizo mis actitudes pasadas:

—Siento que… tuve… el deber de hallar amor en cada persona que conocía, porque el materno me hace falta —me pide que le sigue respondiendo—: Demuestro mi amor, así para que nadie… se sienta no amado. Trato de ser lo contrario a ella.

—¿Ves? No eres una mala persona, Jeremy —agrega—: Si amas tus hermanos, no te hace mal hermano. ¿Sabes que tu gemelo lleva una foto de ti y tu hermano mayor? La vi cuando dejó caer su billetera por accidente. Eres más especial de lo que piensas.

—¡Guau, no tenía idea! —me sonrojo—. Ni siquiera tengo fotos de ellos en mi casillero, bueno no tenía.

—Jeremy Benjamín Walker, no te sientas mal por como eres, eso sí, nunca le hagas daño a nadie con tu actitud —se levanta de su escritorio—: Esa actitud que tenemos todos cuando estamos molestos, por si no entendiste.

Me levanto de mi asiento, me voy directo a la puerta con las manos en los bolsillos de mi bléiser. La profesora Betty y yo nos recostamos sobre los marcos de la puerta, y compartimos un silencio de reflexión.

Si quiero averiguar si soy una mala persona por rechazar a Arnold, yo mismo debo averiguarlo, no quiero que después de la graduación tenga sueños conmigo, arrepentido de haberme dicho que gustaba de mí. Sé que después de la escuela, Arnold ha venido aquí después de las diez de la mañana para revisar los últimos detalles del baile, ya que es uno de los delegados del salón.

Me despedido de la profesora Betty, y comienzo a correr salón por salón con las puertas cerradas hasta llegar el gimnasio donde será el baile. Algo que me da risa de la organización del baile, es que se dieron cuenta que un baile en un colegio para chicos es tan raro que el comité de padres abrió un compás para invitar chicas. Admitieron que era algo gay hacerlo sólo para chicos, no es que sean homófobos, sino que escucharon el comentario de Iral y decidieron a cambiar ciertas cosas.

Ojalá pudiera asistir para llevar a Olivia, bailar lento aunque intuyo que la pisaría por lo malo que soy al momento de bailar. Por tan sólo pensarlo me saca una gran sonrisa. Quizás haya la posibilidad de que llegue unos minutos antes que se acabe el baile, pero de ninguna manera puedo invitarla a último momento, apuesto que lleva semanas preparase.

Entro al gimnasio, miro de esquina a esquina hasta enfocar a Arnold, quien al parecer no está ni nadie; sólo el conserje trapeando el piso. Observo los detalles de la decoración, la temática es del viejo oeste, las fotos de los grupos y los anuarios de los que no llegaron a tiempo a retirarlo; uno de ellos soy yo. Me olvido por completo de todo y me enfoco en el anuario.

Ni siquiera sabía que tenía que retirar esto. Lo miro detalladamente, un libro azul y franjas doradas, lo abro y le doy una hojeada. A través de las páginas, veo las fotos de los grupos, incluyéndome. Me veo con el uniforme de la escuela, y por alguna razón, se me pasó por la cabeza alisarme el cabello ese día. Por otro lado, leo la frase que sugerí debajo de mi nombre: *"A veces no nos damos cuenta de que las pequeñas cosas son las que realmente nos marcan, hasta que se convierten en recuerdos"*.

Continuo hojeando las páginas hasta que llego la sesión de fotos, donde estamos en las competencias de natación con el profesor Miguel, las fiestas que hemos asistido, incluso veo dos fotos en especial. Donde estoy con Olivia en una esquina, uno separado del otro, como era la primera vez que nos conocimos, era obvio que no íbamos a tener contacto físico. Y en la otra foto, veo que estoy junto a Arnold, quien mantiene una mirada enamorada sobre mí. Termino de ver las demás fotos y cierro el anuario por completo.

Me sorprende lo rápido que ha pasado el tiempo, me sucedieron tantas cosas en un pequeño laso de tiempo que siento que debería tener mi propia novela narrando mi vida. Quizás algún día escriba sobre ello antes de cumplir 19 años, trataré de explicar que la vida no sólo se trata de enforcarse en un futuro no prometido, sino en vivir el presente.

Camino hacia la salida de la escuela con mi anuario en mano, y salgo por la puerta giratoria, acto seguido, antes de irme en el auto de Austin, me quedo contemplando la escuela por un momento. Que sea la última vez que tenga que pisar esta escuela, ya era tiempo de decir que al fin salí de este purgatorio.

Capítulo 21:

Ordeno sobre mi cama mi maleta de mano con lo que llevaré a Italia, en caso de que se me pierdan mis otras maletas. Al mismo tiempo, escucho música a alto volumen a través del altoparlante. Doblo dos pares de calcetines y trato de meter dos libros en el bolsillo, mientras miro a mi alrededor; la habitación está completamente vacía, sin nuestras cosas tiradas en el suelo. Desde un inicio, ni Jeremiah ni yo optamos por colgar pósteres o montar estanterías para nuestras figuras de acción, así que la habitación luce igual que hace unos meses, cuando nos mudamos aquí.

Las camas están tendidas con las mismas sábanas y fundas que mamá solía colocar en la habitación de invitados, como si nuestra presencia ya no fuera parte de este lugar. Quedan apenas el uniforme escolar y unos cómics gratuitos, esos que regalan con la compra de uno nuevo. Al parecer será lo único que hará notar que solíamos dormir aquí.

Después de regresar de Italia, no tengo idea de si seguiré viviendo en la casa de mis padres. Calculando un poco, tendré unos 23 años cuando vuelva de Europa. ¡Guau, estaré algo mayor! Quizás decida hacer mi vida allá y sólo regrese a casa para festividades importantes.

Aunque voy a extrañar demasiado ser un joven sin preocupaciones, desde que cumplí los 17 y entré en el último año, mi vida empezó a dar un gran giro. Comenzaron las responsabilidades y preocupaciones que jamás pensé tener. ¿Quién diría que alguien nacido en 2005 comenzaría a tener una vida adulta tan rápido? A veces, es suficiente con estar despreocupado por lo que pase mañana y recordar que, cuando se trata de crecer y descubrir nuestro propósito en este mundo, tan solo se tiene a uno mismo.

Puede que tengamos un montón de sueños y metas, y cambiemos de opinión miles de veces si hace falta, con ese miedo a enfrentar lo que no queremos para nuestras vidas. Tratamos de cumplir promesas de estudios que ni siquiera podemos alcanzar, impulsados por los intentos fallidos de nuestros padres de llenar un vacío que ellos nunca lograron llenar. Al fin y al cabo, esta vida se trata de encontrar el éxito propio, esa satisfacción de sentirse bien consigo mismo, cueste lo que cueste y tarde lo que tenga que tardar.

Y siento que voy por el buen camino. Quizás, con el paso de los años, sabré por fin qué estudiar. Por el momento, ya no veo la cuenta regresiva para ir al aeropuerto y tomar el avión, a pesar de que la espera aún se me hace interminable.

—¿Tienes algún perfume por ahí? —pregunta Jeremiah al entrar con el esmoquin ya puesto.

—Sí, toma —veo que está desesperado por atarse la corbata—. Mejor te echo yo el perfume —observo cómo se pone nervioso frente al espejo.

Ya por fin es el baile, y Jeremiah e Iral están más que nerviosos debido a las universitarias que invitaron. Mi padre los ha estado molestando al comentarles que se ven demasiado jóvenes para esas muchachas que parecen modelos. No tardan en llegar, pero la desesperación de Jeremiah hace que parezca que están en el porche de la casa esperándolos, molestas por la tardanza. Ambos lucen los esmóquines que les hizo la abuela; papá se tomó la molestia de regalarles corbatas y calcetines de marca Gucci para la ocasión.

—¿Ya se terminó de arreglar la princesa? —consulta Austin en broma, mientras tiene a mamá en videollamada, chequeando el momento de Jere.

—No molestes, Austin —ordena Jere, echándose desodorante corporal por quinta vez.

—¡Ya deja de gastar eso! ¡Vas a ensuciar el esmoquin! —reprende mamá a Jere. Él le hace caso omiso y como acto siguiente, les da brillo a sus zapatos—. Jeremy, ¿es verdad? ¿¡En serio no quieres ir?! —exclama.

—No, no quiero ir, mamá. Tengo la última competencia exactamente hoy.

Mamá voltea los ojos y se echa a reír suavemente. Estos días que han pasado, se nota que está empezando a mejorar poco a poco; se percibe el brillo en su sonrisa y la felicidad al hablar.

—¡Por amor a Dios, Jeremy! —añade—: ¡No vas a repetir esta noche! ¡Ay, Jeremy, quiero tener la foto de mis gemelos en su baile! —anhela mamá.

—Bueno... Puede que vaya después de la competencia —agrego, tomando el teléfono de Austin—: No te preocupes, Austin manejará y llegaremos rápido a la escuela.

—Chicos —anuncia papá al entrar en nuestra habitación—: ¡Ya llegaron las chicas! ¡Vamos, vamos, las fotos!

Emocionados, todos bajamos a la sala y encendemos nuestras cámaras para tomarles fotos a los chicos con las modelos. No tengo ni idea de cómo este par de locos logró convencerlas de ir al baile, e incluso, ¿cómo convencieron al comité para permitir que mayores de edad asistieran?

Los chicos se toman un par de fotos más y se preparan para salir a la limusina que está frente a nuestra casa. Papá le da algo de dinero a Jere, y se toman una selfie juntos. Por último, antes de que Jeremiah salga, me pregunta directamente:

—¿Seguro que llegarás a tiempo? —asiento—. ¿Lo prometes? Te quiero allí.

—Sí, Jeremiah —añado—. Llegaré a tiempo, unos veinte minutos después. Además, van a tardar media hora en entrar… Quizás llegue a la puerta con ustedes.

Jeremiah al fin sale de la casa; a continuación, nosotros vamos directamente a la competencia. Ojalá que cuando esto termine, no me impidan entrar al baile, ya que ayer le dije a la profesora que no iría, pero Jeremiah me convenció de asistir. Puede que encuentre a Arnold allí, puesto que es organizador, y le pida perdón. Aunque dudo que me escuche o me diga algo, mi propósito es que sepa que seguirá siendo mi mejor amigo a pesar de todo.

A diferencia de Olivia e Iral, estaremos en el mismo continente y podremos visitarnos. Dudo que lo haga con Olivia, pero el propósito aquí no es ese, sino mantener una buena relación entre nosotros. Estaré a miles de millas de él, y no quiero que sienta que lo quiero apartado de mi vida.

De vuelta aquí, y por última vez en una competencia escolar, escucho la bocina de gas. Nado lo más rápido posible con la técnica que me enseñó el profesor Miguel. Al sacar la cabeza del agua, escucho las voces de papá, Austin y el profesor Miguel, apoyándome. Llego a la primera fase y me sucede lo mismo que la primera vez que nadé en la piscina de la escuela: entro en pánico. Con el color rojo de mis gafas, es difícil diferenciar el apoyo de la desesperación de quienes me animan al notar que los demás competidores están por delante de mí.

No me doy por vencido y nado lo más rápido que puedo. Al sacar la cabeza del agua nuevamente, escucho que han anunciado la primera llegada. Finalmente, llego y me doy cuenta de que he quedado en segundo lugar. Me quito las gafas y las arrojo al suelo con rabia.

¿Cómo es posible que haya llegado en segundo lugar después de tantas competencias anteriores? ¡Esto es el colmo! ¿Cómo te dejaste llevar, Jeremy Walker? No quiero imaginarme el regaño del profesor Miguel. ¿Qué me ha pasado? ¿En serio en la última y más importante competencia de la escuela? Sé que no puedo ganar todo el tiempo, pero sentía que esta última era para mí.

A lo mejor el canadiense que ganó es mucho mejor que yo, no sé; parece que fueron los nervios. ¿Por qué en ese momento?

—¡Jeremy! —llega el profesor Miguel.

—Lo siento mucho, profesor Miguel —me lamento al sentarme en el suelo.

—¿Por qué? —se agacha—. ¡Segundo lugar, niño! ¿En una competencia con personas mayores que tú? ¡Guau, es de aplaudir! ¡Me enorgulleces, niño! Te voy a extrañar mucho.

Las palabras del profesor Miguel me llenan de aliento, haciéndome ver el segundo lugar como un logro más entre muchos. Después de tantos, este se siente especial, haciéndome entender que estoy destinado a esto.

—No lo abrazo porque estoy mojado —el profesor Miguel suelta una carcajada.

—No podrías abrazarme, luego me demandan por tocarte ni un sólo pelo —me ayuda a levantarme y se despide con un apretón de manos—. Te veré en las olimpiadas del 2028, niño.

¿De verdad cree que vaya a una próxima olimpiada? Bueno, espero para ese año aún haya agua potable o, si no, tendré que nadar en un río contaminado como el Sena, luego me salen ampollas por todo el cuerpo.

—¡Vamos a llevarte al baile! —notifica Austin tomando mi mochila de la banca.

—¡Necesito cambiarme! —comento.

—Te cambias en el auto, los chicos aún no han entrado al baile y te esperan.

Al estar en el auto, trato de secarme el cuerpo a oscuras. Siento que será imposible cambiarme en este espacio tan pequeño, ¿no pudimos irnos en el carro de papá? Voy a intentar ponerme desodorante y el pantalón del esmoquin. Mientras me visto, reviso los mensajes y veo en la barra de notificación que Jeremiah me dice que alguien especial ha llegado. Me imagino que es Olivia, no hay alguien más así que... Sería tonto adivinar.

—Jeremy —papá me llama mientras mantiene la vista en la carretera.

—¿Ah?

—Felicidades por lo que lograste hoy y por todo lo que has hecho estos meses —suspira—. En dos días te gradúas y, en una semana, te vas... No sé qué haré sin ti y Jeremiah en casa...

Austin lo mira con desaprobación al mismo tiempo que mantiene las manos en el volante.

—Papá, aún me tienes a mí.

—Tú empezarás a buscar empleo.

—Claro, ya tengo uno en mente —aclara—: Trabajaré como cantante, subiré un video a YouTube, como lo hizo esa neoyorquina... ¿Matthews? ¡Vanesa Matthews! —papá lo mira con desaprobación.

—Busca un empleo real —vuelve a mirarme—. Promete que me vas a llamar siempre que lo necesites.

—Lo prometo.

Hemos llegado a la escuela. Bajo lo más rápido posible, antes de salir corriendo, papá me obliga a tomarme un par de fotos, incluso con Austin, que lleva una camiseta con una frase algo vulgar.

Entro al gimnasio y veo que todos están bailando. En una esquina, me percato de que los chicos están en una mesa con las chicas; me sorprende que todavía no se hayan ido. Me acerco a ellos, y lo primero que hago es abrazar a Olivia. Lo sabía, ella era la persona especial que mencionaba Jeremiah.

Me acerco a Iral a preguntar:

—Oye, ¿no has visto a Arnold? —Iral niega con la cabeza al dar un trago a su termo lleno de alcohol, no dudo que lo sea—. ¿Estás seguro de que no te ha dejado ningún mensaje para mí? ¿Una nota o algo? —vuelve a negar con la cabeza.

Olivia me invita a bailar lento, la tomo por las caderas y comenzamos a bailar: *Where Did The Feeling Go?* Miro a Olivia de manera fría, sin sentir nada. ¿Qué me sucede? ¿Acaso ya no estoy enamorado de Olivia o sólo es un bloqueo emocional?

Conforme seguimos bailando, Olivia deja caer su cabeza sobre mi pecho. La abrazo al terminar la canción. Se reproduce otra canción que no conozco, y llevo a Olivia a una esquina.

—¿Por qué no te besé? —Olivia se encoge de hombros y se pregunta lo mismo—. Creo que ya no siento nada por ti, Olivia.

—Lo veía venir —ella baja la mirada. Levanto su rostro con dos dedos.

—¿Por qué dices eso?

—No le pediste permiso a mi padre para que estuvieses conmigo. —Frunzo el ceño.

—Olivia, ni siquiera me dijiste que debía hacerlo. —Olivia se indigna.

—Jeremy, por favor, ¿no ves que te lo estaba diciendo indirectamente?

Respiro profundamente, estamos dando vueltas en paralelo. No quiero que nadie dependa de mi amor por el momento; necesito enfocarme en mí. No es que Olivia sea una etapa, sino que ya acordamos una condición hace un par de días. No tenemos por qué retomar el tema cuando ya estaba cerrado. Quiero mucho a Olivia, la amo, pero... me amo más a mí como para aferrarme a mantener lo nuestro, y sé que tendré mis dudas.

—Olivia —la miro, decaído. Ella procede a tocarme las mejillas.

—Está bien, te entiendo... Disfrutemos del momento.

—Te amo.

—Te amo también.

Bailamos al compás de la música lenta.

Puede que esté confundido y que tenga un mundo de emociones dentro de mí. Tengo la mala costumbre de aburrirme de las personas rápidamente si no tenemos un vínculo forzado; esto es lo que me sucede con ella en estos momentos. Quizás mejore con el tiempo y tengamos algo mejor en el futuro. Por el momento, mis objetivos ya son claros. Si Olivia hubiera sido directa, todo sería diferente; no obstante, nos tocó esta versión de nuestra historia en este universo.

El género de la música se cambia, y los chicos del club, incluyendo a Jere, vienen hacia mí a quitarme a Olivia de brazos. Le digo a Olivia que me llame al hacer señas con mi mano, vamos al centro de la pista y cantamos las estrofas de la canción que sin dudarlo su nombre es: *Lost In The Wild*, nos echamos a reír a carcajadas mientras bailamos al mismo tiempo que vemos beber a Iral desde su termo.

La idea inicial de este baile era algo rara, y optaron por la que tenemos ahora; a pesar de eso, por lo que noto y siento, estamos disfrutando más el baile entre amigos que con las chicas. A continuación, Jeremiah saca su teléfono y nos tomamos una selfie. Al momento de chequearla, nos percatamos de que Iral sale con ojos rojos debido al flash de la cámara.

Iral nos agarra a mí y a Jere, y nos lleva a unos pies de Miller y Ramírez. Al estar aquí, nos pregunta susurrando:

—Oigan, estaré en España, a unos kilómetros de ustedes —nos mira a ambos al turnar—, ¿nos veremos los fines de semana?

Jere y yo intercambiamos miradas; es obvio que mantendremos la amistad con este tipo. ¿Con quién conoceremos más chicas a lo largo de Europa?

—¿Es sólo un compañero, verdad, Jere? —Iral nos da una mirada asesina.

—Es obvio que seguiremos hablando, Iral —aclara—. Vamos a querer sentirnos como en casa con alguien de aquí; nos cansaremos de hablar italiano la mayoría de los días.

—Jere, ni siquiera sabes italiano —replica Iral.

—Debemos ser positivos —comento.

Al terminar nuestra conversación, nos dirigimos a tomarnos una foto con el fotógrafo de la escuela. Todas estas fotografías formarán parte de nuestro momento de juventud que algún día extrañaremos. Con más de cuarenta personas con las que me graduaré, la mayoría olvidará nuestros nombres y borrará nuestros números telefónicos. Algunos ni siquiera vivirán lo suficiente para recordar el pasado, pero lo importante es que los momentos se mantendrán por siempre y para siempre.

Jeremiah y yo nos establecemos en una banca de la entrada de la escuela con nuestros sacos sobre nuestros hombros y las corbatas desamarradas alrededor de nuestros cuellos. Son las cuatro de la mañana y sentimos que es algo temprano para regresar a casa, supongo que es el efecto del alcohol en contrabando que nos ofreció Iral.

—Oye, Jere, ¿cómo carajos conocieron a esas chicas? —le pregunto, con los ojos entreabiertos.

Jeremy baja su tono de voz:

—Le pagamos —aclara—. Aparte de eso, hicimos otras cosas.

Abro los ojos, impactado, y también bajo el tono de mi voz al susurrar:

—¿Usaste protección? —vuelvo a mi tono de voz normal—. No quiero ser tío a tan temprana edad, Jere.

Jere, antes de responderme, me muestra su paquete de preservativos escondido en su chaleco. Me río entre dientes.

—Bueno, es un objetivo menos en la lista para ambos —comento.

—Gracias por venir, Jeremy —asiento.

A los minutos, Austin nos pasa a recoger. Jeremiah, al abrir la parte trasera del auto, se tumba en los asientos, obligándome a sentarme adelante. A punto de entrar al auto, me da por mirar atrás y, con mi mirada, encuentro a Olivia, quien también está por entrar al auto de su padre. Compartimos miradas; sus ojos brillan por las lágrimas que contrae al mantener su mirada sobre mí. Como acto de segunda despedida, me manda un beso con su mano y se sube al auto, ya a punto de estallar en lágrimas.

También me subo al auto de Austin y me abrocho el cinturón. Luego pasan unos minutos y, al ver el amanecer por el retrovisor, me da por sacar mi teléfono y tomar una foto. Me quedo mirando la pantalla por un par de segundos, lo dudo y prosigo a enviarle un mensaje a Olivia:

"Gracias por ser el amor de mi vida por unos segundos, porque siento que el tiempo pasó tan rápido que no era consciente de ello".

Capítulo 22:

Ha pasado una semana desde que nos graduamos y dos días desde que cumplimos los 18. No se siente la gran cosa tener una tarjeta de identificación; sólo es tenerla y ya. Al menos salí bien en la foto; me indicaron que no sonriera, pero hice caso omiso. Estos días han sido tan largos y maravillosos que no podría decir que son de relleno, porque en realidad no lo son. He disfrutado las despedidas de mi familia y amigos, incluso de nuestro cumpleaños, que fue en un restaurante chino. Sin personas miserables, nada más con los que eran realmente necesarios: los chicos del club de natación y nuestra familia. A excepción de Arnold, quien por fin se decidió a hablarme después de días. No obstante, no fue más que para desearme un feliz cumpleaños.

Odio admitirlo, pero sabía que esto iba a pasar. Me iba a mantener lo más lejos posible por su salud mental, y está bien. Lo apoyo, lo admiro, lo respeto y le tengo cariño; mas, si él quiere mantenerme como un recuerdo borroso de su adolescencia, no tengo más opción que aceptarlo. Si pienso y miro hacia el pasado, me desconcentraré del presente por cosas que ya sucedieron...

El lado positivo es que ya estoy en Italia con Jeremiah. Estamos viviendo en una mini villa en Chieti, a dos horas y media en auto de Roma. Italia es genial; aunque no hemos conocido muchas personas aún, hemos comido más pasta que nunca. Los vinos de aquí son diferentes a los de casa.

No nos hemos acostumbrado a la zona horaria de Italia, pero hacemos el intento; ahora estamos en la terraza observando el atardecer morado con vista al mar Adriático, mientras pasamos el rato sentados en la mesa de metal con una cubeta de vino tinto y jamón ibérico, típico de un viaje a Italia.

Cada esquina tiene una vista única; son tan bellas que la química de mi cerebro se altera cada vez que me quedo contemplándolas. Autoconvencerme será difícil, porque me hace sentir como si estuviera dentro de una película de los años 80 o 90.

¿Cómo podría decirle a mi yo del pasado que no debe preocuparse por el mañana? Puede que ahora esté aquí disfrutando de la vida, pero quizás mañana estaré en una de las competencias más duras de mi vida.

Antes solía reflexionar sobre cómo sería mi vida a esta edad. Sin embargo, no tuve tiempo suficiente para disfrutar de mis 17 años; el sólo pensar en el mañana me generaba temor, como si no pudiera lograr nada significativo en mi vida. ¿Por qué temer lo que traerá el futuro? Basta con vivir el presente con la esperanza de un mañana.

—¿Qué crees que estén haciendo la familia? —se pregunta Jere al mirarme con las gafas de sol puestas.

—Pueden que estén apenas amaneciendo, dudo que Austin lo esté, papá a lo mejor sí y mamá... está disfrutando de cada amanecer.

—Qué imbéciles somos de beber el vino entero —toma la botella de la cubeta—, buscaré otro —se detiene a medio camino—. ¿Hoy vamos a salir con Iral?

—Si tomó el vuelo correcto, sí —añado—: No te preocupes, él vendrá.

Mientras que Jeremiah está en la cocina, me dispongo a escribir una carta a puño y a letra, tal vez llegue un mes después, pero al menos me sentiré conforme con lo que lo haré.

Tomo una hoja algo ya amarillenta de mi vieja libreta de viaje, agarro un bolígrafo de gel. Pienso en lo que diré al ver irse el sol, así que me inspiro y me decido a comenzar.

A continuación:

Chieti, Italia, 2023

Querida mamá:

Te escribo desde aquí porque sé que no soy capaz de decirte nada en persona. Quiero que sepas que te amo a pesar de todo, sé que no eres una mala persona, sino una niña lastimada por todo lo que has pasado a lo largo de tu vida. Te lo repito: te amo. Es lo que siento por ti y siempre sentiré.

Sé que todos cometemos errores una y otra vez en la vida, pero no podemos aferrarnos a ellos como si fueran lo único que tenemos.

Te amo, mamá, y te deseo lo mejor desde aquí en Italia. Tus gemelos están pasando el mejor momento de sus vidas; este será el mejor verano de todos. ¡Qué suerte que el verano aquí comienza en junio y termina en septiembre, como en casa!

Mucha suerte en tu camino. ¡Hasta luego! O como dirían aquí: «Arrivederci, mamma!».

Con amor, Jeremy Benjamín Walker.

P.D. A Jeremiah le gusta mucho el vino...

Al terminar de escribir la carta, la pongo en un sobre, sobre él, escribo la dirección donde está mamá y luego guardo el sobre dentro de mi libreta. Y Jeremiah al traerme un poco de vino de la despensa, me pongo a pensar en la vida, en todo lo que he pasado para llegar aquí.

Se siente tan raro no tener las mismas rutinas de cuando comenzaba el verano. Extraño salir junto a Austin a los eventos de los carros 4x4 en lodo, ir al muelle a comprar helado en vasos con chispas de chocolate, o pasar toda la tarde jugando videojuegos hasta que nuestras retinas se cansaran por la luz. Sólo me da miedo el hecho de pensar que esto es apenas el comienzo de mi vida. Un pequeño comienzo que no olvidaré, a pesar de que pasen los años. Tal vez, más allá de los 18, tendré miles de oportunidades ante el mundo. Por fin entendí que no debo tener todo resuelto al salir del nido de mis padres, pero tampoco puedo confiarme en la carrera, ni mucho menos en ser el último, aunque esté solo en ella y a mi ritmo. Estoy por mi cuenta, y eso me da un poco de miedo; también una emoción que no puedo ignorar.

"El único viaje imposible es el que nunca empiezas".
—Tony Robbins.

"No se trata de lo rápido que llegue, no se trata de lo que me espera al otro lado, se trata de la subida y de cómo sigo adelante, enfrentando cada desafío".
—*The Climb*, Miley Cyrus. .

Agradecimientos:

Okey, Okey, esta es el tercer agradecimiento que hago del mismo libro. La verdad, este libro me enseñó que la realidad supera la ficción. Saben que, al principio, cuando comencé a escribir esta novela, no lo tenía pensado para un público en específico, pero de alguna manera u otra convencí a mi editor, Andrés Bonilla, de modificar el libro original para ustedes. Si desean adquirir la versión estándar o Deluxe, está en sus manos. Para que esta versión funcionara como un mensaje hacia los jóvenes, hubo personas detrás de esto; aunque no lo sepan, sí aportaron más que un grano de arena.

Le agradezco a mi mamá, Lili Blanco, a la Lcda. Roxana García, de corazón, por ayudarme a construir mi autoestima hoy en día; a la profesora Zuleima Chong, por ser mi primera moderadora en mi primer conversatorio; a las Lcda. José Fina Correa y Melva Taylor, por ayudarme y creer en mí a pesar de que ciertas personas me dieron la espalda en el camino; y a mis queridos invitados del día 10-01-25, por creer en mí.

Al principio pensé que este libro no tenía nada que ver conmigo, pero es una realidad que hoy en día muchos viven: por ser jóvenes, personas con muchos estudios pueden llegar a humillar a un joven por no estar a su "nivel". Pero... ¿si no le dan la oportunidad a los jóvenes promesa del mañana, cómo quieren un mejor futuro para los suyos? La vida es una etapa, no una permanencia.

Rowe.

Playlist de Jeremy Walker.

1. The Sound / 4:08 — The 1975.
2. I might say somethung stupid featuring The 1975 & jon Hopkins / 4:10 — Charli xcx, The 1975, jon Hopkins.
3. TOOTIMETOOTIMETOOTIME / 3:27 — The 1975.
4. I'm In Love With You / 4:22 — The 1975.
5. La Playa / 4:07 — La Oreja De Van Gogh.
6. Iris / 4:49 — The Goo Goo Dolls.
7. Back To December (Taylor's Version) / 4:54 — Taylor Swift.
8. Mine (Taylor's Version) / 3:51 — Taylor Swift.
9. Falling In Love / 4:05 — Cigarettes After Sex.
10. Apocalypse / 4:50 — Cigarettes After Sex.
11. Sunsetz / 3:55 — Cigarettes After Sex.
12. Dancing With Our Hands Tied / 3:31 — Taylor Swift.
13. Labyrinth / 4:07 — Taylor Swift.
14. Inevitable / 3:12 — Shakira.
15. Good Ones / 2:16 — Charli xcx.
16. 360 / 2:13 — Charli xcx.
17. 365 / 3:23 — Charli xcx.
18. You're On Your Own, Kid / 3:14 — Taylor Swift.

Más obras del autor:
Disponible en Amazon.com

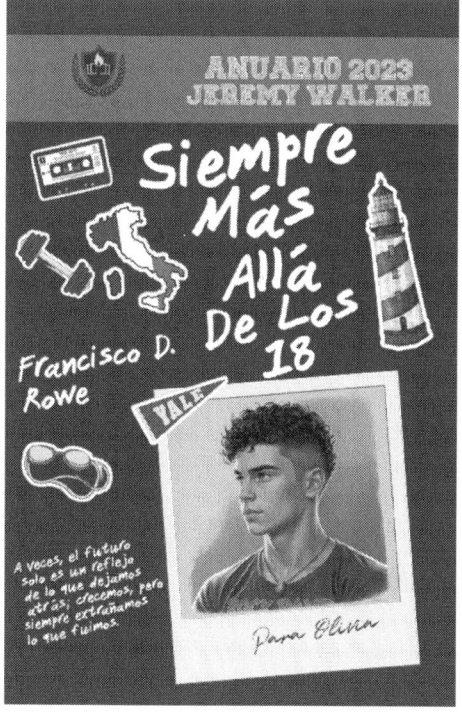

©Francisco D. Rowe 2024.

Made in the USA
Columbia, SC
24 February 2025